Soñar con las alas del elefante

Alejandro Archundia

Este libro está dedicado a tod@s aquell@s que creen en la grandeza de sus sueños, a l@s que se enamoran sin miedo, a l@s que se quieren comer el mundo de un bocado y a l@s que les gusta bailar en los balcones.

I

Con un pequeño pañuelo rosado que siempre traía consigo, Alma me limpió la única lágrima que escurría por mi rostro después de enterarme de la trágica noticia. El simple resplandor en sus ojos sirvió para que mi cuerpo se estremeciera y se erizara el vello de mis brazos y piernas. A pesar de todo, una lágrima fue más que suficiente para orillarla al silencio. Media hora más tarde, Alma y yo estábamos de regreso en las fauces del amor.

El lugar estaba completamente vacío. Alrededor de ese sombrío estacionamiento, que ha sido cómplice de nuestros cuerpos y nuestros deseos por más de tres años, había frondosos álamos que soplaban violentamente sus hojas al ritmo de nuestros tendenciosos movimientos. Nunca he dejado de pensar que en esos momentos de estacionamiento, algo le sucede a nuestra miserable existencia que hace que el universo se sublime, que seamos magníficos, que el tiempo se detenga con el cantar de las hojas verdes que celebran nuestro amor. Algo extraño sucede.

Pasaba ya la hora de tolerancia que mis padres me habían impuesto para devolver el coche y dejar a Alma en su casa, y aunque tenía poca importancia, el sentido de responsabilidad que se me había desarrollado al cumplir la mayoría de edad hacía eco en mi cabeza. El tiempo comenzaba nuevamente a avanzar. Con un cigarro en la mano y un tempestuoso silencio, Alma llenaba el asiento delantero del auto con una energía que pocas veces le había visto. Sus mejillas brillaban, sus ojeras estaban marcadamente prominentes, sus ojos se perdían en la inmensidad del infinito, sus labios estaban húmedos; su frente dejaba correr algunas gotas de sudor. Sin embargo, esa siniestra sonrisa post-coital me confirmaba que no tenía nada que ver conmigo.

Le pregunté si se encontraba bien, y su respuesta fue un silencio que explicaba que no quería hablar conmigo. Decidí permanecer callado durante los siguientes cinco minutos. Al llegar al primer semáforo en rojo, le extendí la mano en señal de que me interesaba fumar de su cigarro. La respuesta siguió siendo inerte: un profundo silencio que ahogaba los ruidos de la gente que transitaba por las aceras de Reforma. En el siguiente semáforo, toqué sus flacas piernas y las acaricié lentamente mientras el sudor y el ritmo de su respiración aumentaban. No puedo negarlo, mi intención era presionarla y enfurecerla para que me dijera por qué no me dirigía la palabra. Mi siguiente intento llegó cuando me detuve en la gasolinera a llenar el tanque. Lentamente deslicé mis dedos hasta sus costillas, quería provocarle risa; así la había vencido ya bastantes veces, pero mi sorpresa fue, una vez más, el silencio, esta vez acompañado de una de esas miradas que Alma domina, que dicen todo sin necesidad de palabras: ¡Déjame en paz!

Se me habían acabado todos los recursos para descifrar el acertijo, y me estaba cansando del juego del mudo. La hora de tolerancia se acercaba a su fin; opté por ignorar a mi acompañante por el resto del trayecto, a pesar de la incertidumbre e incomodidad que eso me hacía sentir. Llevarla a su casa se había convertido en una obligación; comenzaba a sentirme como el chofer de la artista de cine. Oculté mi enojo devorando unos cacahuates japoneses que encontré en la guantera del auto. Mi mente viajó a extraños mundos mientras manejaba por la Avenida de los Insurgentes, que me parecía más larga que nunca. El coche se me hacía más pequeño, los zapatos comenzaron a apretarme, todo gracias a una enigmática mujer que amaba con mis entrañas, con las tripas; una mujer que había hecho de mi vida un viaje sin destino en una montaña rusa donde, a ratos, me estremecía de placer el estómago y a veces me hacía vomitar todo lo que había comido. Los veinte minutos de trayecto a su casa fueron los más largos de toda mi vida: silencio, oscuridad, desolación, momentos en los que uno quisiera tener todas las respuestas.

II

Era una noche de agosto cuando conocí a Alma. Me encontraba sentado en la banca de un parque cerca de la Alameda Central, fumando un cigarro y leyendo, bajo la luz de la luna, un libro de poemas de Pessoa. Frente a mí, una escultura de Cuevas y, a mi derecha, un monumento a Zapata. Hacía frío y, sin embargo, la lectura y la tranquilidad me provocaban calor. Estaba en recuperación por la extirpación de una hernia inguinal que el destino me había mandado como castigo por mis travesuras de adolescente. Mis movimientos eran torpes y dolorosos, pero eso no era impedimento para ir todos los días a aquel parque y dejar que Pessoa, Zapata y la luna me hicieran un poco de compañía.

El año era 1998 y yo había cumplido veinte años. Me encontraba en una etapa de recesión en mis estudios, ya que había concluido mi carrera de Letras en la universidad y me disponía a convertirme en el dramaturgo que todo México esperaba. Amaba el teatro y la soledad; gozaba de la compañía de mis libros, mis escritos y mis historietas. La embriaguez no me la otorgaba el alcohol; Tennessee Williams se encargaba de eso con sus apasionantes obras. Creo que en ese tiempo cumplía con el estereotipo del escritor: solitario, sin trabajo, mantenido por sus padres, egocéntrico y, sobre todo, apasionado de la vida. Lo único que me faltaba era ser homosexual. Aunque eso no estaba entre mis planes, tampoco me había preocupado por buscar a una mujer o idealizar el amor como todo el mundo lo hacía. Me parecía débil. Las mujeres me parecían hermosos seres indispensables en el acontecer de la vida de los hombres y viceversa, pero desde mis aventuras en la preparatoria y mis frívolos acostones durante la carrera, no había probado el verdadero placer y sufrimiento que es el sentimiento del amor.

Me gustaba ese parque porque raras veces veía pasar gente a la hora en que yo acostumbraba ir; era escalofriante, demasiado oscuro a pesar de los grandes faros que iluminaban el camino que conducía directamente al metro. Esa noche, una mujer pasó caminando con mucha prisa en dirección al metro. Desde algunos metros de distancia, pude escuchar el ritmo de sus pasos al compás de una melodía que salía de su aguda voz. Creo que era la quinta de Beethoven. Ante tal curiosidad, dejé por un momento mi lectura y, por primera vez, sentí que el tiempo se había detenido. No era la mujer más hermosa que había visto: demasiado delgada, nariz recta, piel blanca, cabello negro y largo hasta los hombros, piernas flacas cubiertas por un pantalón de seda negro, de poco busto, perdido en una gran blusa negra y, para rematar, una bolsa de piel del color de la noche. Parecía la muerte, sofisticadamente representada. La mujer huesuda tuvo aproximadamente treinta segundos de mi atención; yo, menos de la suya. Al percatarse de mi extraño interés en ella, calló su melodía y echó a correr. Seguramente la asusté; nada extraño, ella también me asustó.

Los siguientes quince minutos fueron paranoicos. Ya no podía concentrarme en la lectura; el frío comenzó a aparecer en mi interior y los dolores en la ingle iban en aumento. Mi mente se quedó con la huesuda; mis ojos se incrustaron en el caminito, esperando que apareciera de nuevo esa mujer. Mi noche se había arruinado. Torpe y adolorido, caminé hacia mi casa. Me detuve en el camino a cenar quesadillas. Llené mi estómago, pero mi alma estaba vacía. Mi mente regresó, pero se trajo a la huesuda consigo. Maldito poder de las mujeres; mi vida cambió esa noche.

Pasaban de las doce y no quería volver a mi habitación. Mi madre me veía dar vueltas alrededor de la pequeña sala decorada con muebles rústicos que acogían el anochecer. Mamá, siempre sentada en ese sillón individual, leía aquellas cartas que le escribía mi padre cuando eran novios, una y otra vez, perdida en ese irrecuperable pasado que borraron veinticinco años de matrimonio y dos hijos. Tristeza en su mirada, vestigios de fastidio en su rostro. Mi padre, por otro lado, pasaba la mayor parte de su tiempo en su estudio, armando pequeños coches a escala que, después de agregarles un pequeño motor, podían correr de un lado a otro de la casa persiguiendo a Matías, el pequeño French poodle de mi madre. Y mi hermana rompía la armonía familiar con sus horripilantes canciones juveniles a todo volumen y las frecuentes visitas de una docena de mozalbetes disfrutando de su recién adquirida pubertad, en una casa donde las reglas eran casi inexistentes.

Mi reacción natural ante tal insanidad era encerrarme en mi habitación y, dentro de mi burbuja de plástico, crear historias en papel y lápiz que el señor T. Williams me incitaba a escribir. Esa noche no me sentía de humor; preferí recibir el amanecer en la sala, mirando por la ventana que tenía una excelente vista a la casa de enfrente. Con mis ojos muertos de cansancio que me pedían a gritos cerrarse, el cuerpo entumido y con los bostezos a flor de piel, se enmarañaba mi razón. Con el sueño metido hasta por las orejas, me pareció ver a la huesuda parada en la azotea de la casa de enfrente, con un cigarro en la mano y mirando hacia donde yo me encontraba. Sentí escalofríos, derramé muchos litros de adrenalina sobre mi estómago; el sueño desapareció de inmediato y, nuevamente, el tiempo se detuvo.

No era una ilusión. Por algunos instantes fui cómplice de una danza afrodisíaca interpretada por la mujer clavada en mi cerebro. El terror me acosó cuando supe que realmente me miraba. Quise despertar, pero no estaba dormido; quise verla para siempre, pero mi miedo fue más fuerte que yo. Rápidamente cerré la cortina, me recosté en el sillón y no supe más de mi ser.

III

Estábamos a punto de llegar a nuestras casas; la hora estaba a punto de cumplirse. Tenía que tomar una decisión; no podía quedarme con la maldita incertidumbre de la que Alma siempre me ha hecho víctima. Siempre había sido así: misteriosa, enigmática, tentadora. No podía seguir con el papel del chofer, haciendo alarde de mi machismo. Simplemente me paré a unas cuadras de llegar y apagué el carro. Ya no podía más. Activé los seguros electrónicos para que Alma no pudiera salir huyendo. Esta acción la sorprendió y emitió una sonrisa discreta. Estábamos entrando nuevamente al juego de poderes que tantas veces habíamos jugado y que ella regularmente ganaba; el reto le pareció de lo más exquisito. Se quitó el cinturón de seguridad y se acomodó en el asiento, cruzó los brazos y me miró fijamente, analizándome. Creo que notó mi desesperación y mi enojo porque, instantáneamente, comenzó a reírse, grandes carcajadas que harían a Lucifer sentir escalofríos:
—¿A dónde quieres llegar? —me dijo—. Mi papá me va a matar si no llego a tiempo.
Se quedó esperando una respuesta que ni yo mismo conocía. En ese momento, Alma se dio cuenta de que me tenía entre la espada y la pared; había movido sus piezas y, en un solo movimiento, me tenía en jaque. Me tocaba mover a mí; tenía que demostrarle que yo también podría ponerla en apuros. La sorprendería, aprovecharía que al fin tenía su atención. Callé por unos instantes y le dije:
—Tienes unos senos preciosos.
Una vez más, me extendió aquel hermoso pañuelo rosado, pero esta vez no para limpiar mis lágrimas, sino para secarme la sangre que escurría de mi nariz debido al fuerte golpe que me acababa de dar.
Cuando se lo propone, Alma puede llegar a ser una

verdadera cabrona. Con suaves movimientos, limpió la sangre, puso cara de angustia al verme consternado y con la otra mano me acarició la cabeza. Creí que mis palabras habían dado resultado y cerré los ojos; me perdí ante el delicado toque de su mano con mi rostro. Esto era lo que yo quería: tranquilidad, seguridad, que me permitiera amarla. Sus manos y el pañuelo comenzaron a deslizarse por mi cara. El placer que sentía no me dejaba percatarme de que mi cara se iba embarrando lentamente de sangre y mucosidad.

IV

Arreglé con mi hermana un cambio de habitación para contemplar el ritual de la huesuda todas las noches. Unos cuantos pesos y promesas de lavar trastos por algunas semanas fueron suficientes para que Laura accediera a mis peticiones. Únicamente mudé mi ropa, mis libros y algunos afiches del Hombre Araña que eran mis preferidos; el cambio era temporal. Desde ese día, la inspiración regresó a mi cerebro. Ocupaba las mañanas para dormir, las tardes para escribir y las noches para ir al parque, siempre con Pessoa bajo el brazo. Zapata se convirtió en mi confidente durante aquellos lapsos de tiempo en los que mi vida tenía una razón muy específica de ser: encontrarme con la huesuda.
Esa fue mi rutina durante una semana y, para mis pesares, la mujer nunca pasó por ahí; nunca salió en las noches a bailar para mí. Supe por mi padre que en la casa de enfrente vivía un matrimonio que emigró a esa casa debido al temblor del 85, que el señor de nombre Nicolás tenía alrededor de los sesenta y cinco años. En su juventud, había sido un funcionario muy importante del sexenio de la Madrid y que su esposa Moira era veinte años menor que él. Mi padre desconocía que tuvieran una hija, ya que pocas veces había podido platicar con don Nicolás. Yo nunca había visto a esta pareja. Recuerdo que en esa casa vivía Andy, un amigo de mi infancia con el que jugaba casi todos los días, hasta que se tuvo que mudar a Guadalajara por el trabajo de sus padres. Pero nunca me interesó conocer a los nuevos inquilinos.
En mis visitas al parque, comenzaba a sentirme solo. Parecía que Zapata se burlaba de mí, me tenía lástima; una fabulosa estupidez estar esperando a una persona que no conocía, que no me quería conocer y que bailaba en la azotea de la casa de enfrente. Pessoa, con sus poemas, me incitaba a buscarla, a

romper mi auto flagelación y cruzar esa calle, tocar la puerta y preguntar por ella. ¿Qué le diría? "Hola, soy tu vecino que te vio bailar la otra noche en la azotea de tu casa. Creo que estoy enamorado de ti, aunque solo te haya visto una vez." ¡Absurdo! Un debate semi mediocre que apabullaba mis pensamientos la mayor parte de mi tiempo, y una mujer que vi durante cuarenta segundos acababan con mi débil coartada de persona que no tiene sentimientos, que no le importan los demás, que no busca nada que no pueda obtener con seguridad. Estuve inerte y sin razón de existencia durante tres días más, tratando de olvidar este oscuro descalabro. Pero una noche, de esas en las que el viento sopla hacia el sur con violencia, me desperté con una gran angustia en mi estómago. Sudaba frío, tenía un extraño presentimiento; como sonámbulo, me acerqué a la ventana, esperando que apareciera mi verdugo a terminar con mi sueño.

Me horroricé. La huesuda caminaba por la cornisa de la azotea con el torso desnudo. El viento empujaba su cabello hacia atrás como una ninfa anunciando la llegada de la primavera. Inmediatamente, pero con movimientos torpes, saqué del ropero de mi hermana unos viejos binoculares de plástico que le habíamos comprado cuando la llevamos al circo; aún funcionaban. Pude ver a mi musa más de cerca. Sus ojos estaban clavados en una especie de cajón con acabados dorados que se encontraba en el otro extremo. Con sus característicos movimientos, "la huesos" se acercó a la caja, sacó de ella un polvo de color plateado y lo lanzó al cielo. Varios trozos de esa brillantina tocaron el cuerpo semidesnudo de la mujer y se adhirieron a ella. Estaba enloqueciendo; nada de eso me parecía normal. El acto duró cerca de dos horas. Terminada toda la brillantina y la huesuda disfrazada de princesa estelar, bajó de la cornisa y entró a su casa por una puerta negra ubicada al fondo de la azotea.

Nunca pude entender cuál era mi obsesión voyerista de espiar a esa mujer en su intimidad; era hermosa, pero nunca sentí un interés sexual hacia ella. Mi interés tenía que ver más con el horror, la ansiedad y la angustia que provocaba en mí. El ritual se repitió los siguientes tres días, hasta que el otoño entró reemplazando al caluroso verano. Después de eso, noté cambios importantes en mi vida. Algo terapéutico tuvo la mujer en mí, ya que mis noches de sueño se volvieron bastante placenteras; mi día me sonreía como nunca antes y mi inspiración brotaba a caudales, como pedazos de hojas en el piso. Tuve el deseo de acercarme más a mis padres esos días, tratar de entenderlos y convivir con mi hermana y sus tempestuosas compañeras preadolescentes, que me dejaron de mirar como el ogro que vive en el sótano del castillo, hasta convertirme en el hermano mayor favorito y amor platónico de algunas de ellas. Era feliz; descubrí que mi padre es un hombre bueno, que lucha y trabaja por sus hijos para darles todo. Estuve acompañándolo a su taller de rótulos durante una semana, donde me di cuenta del asombroso talento que mi papá tiene para la pintura. Todos sus deseos, sentimientos, ideas y nociones sobre la vida están plasmados en unos grandes cuadros que tiene en su taller. Sombras, acuarelas, óleos, tinta china: eran sus instrumentos de comunicación para el mundo, gracias a una infancia reprimida en la que mi abuela se encargaba de castigar a aquel que se atreviera a abrir la boca.

Nunca tuve buena comunicación con él, hasta hoy, que me había dado la oportunidad de descifrar el oscuro rompecabezas y la razón por la cual mi padre y yo nunca pudimos tener una decente conversación. Se veía extrañado por mi actitud, pero también orgulloso de que yo estuviera con él. Y, aunque fuera ya demasiado tarde para empezar de nuevo, una gran etapa en nuestra relación se estaba dando gracias a lo que la huesuda me había dado.

V

Pasaron cinco minutos antes de que me limpiara la cara. En ese tiempo, recordé todas las veces en que las caricias de Alma eran pura malicia. Recargué mi cabeza sobre el volante, estuve a punto de encender nuevamente el carro y literalmente aventar a Alma en su casa, pero eso sería darle lo que ella quería. Renuncié a mis pensamientos y dejé que mis instintos los sustituyeran. Jalé la palanca que inclina hacia atrás el asiento y me recosté con violencia. Alma me miró una vez más e hizo lo mismo. Mientras mirábamos el forro del techo del auto, puse mi mano por encima de su cabeza y lentamente acaricié su cabello; no puso resistencia, incluso cerró los ojos y comenzó a susurrar la canción de cuna que le cantaba su padre cuando era muy pequeña. Entendí lo valioso del momento y no hice nada más que escucharla y meditar sobre la mala noticia que nos tenía al borde de la locura. La sirena terminó su canto, tomó mi mano, la deslizó sobre su rostro y se la llevó a la boca. Chupó mi pulgar y acto seguido me dio una mordida que me hizo gritar fuertemente y brincar del asiento.

—¿Por qué? ¿Por qué? ¿Por qué? —Grité, haciendo que pasara de la carcajada al susto. Pegué en el asiento, en el vidrio y en el techo; la ira me consumía. No aguanté más y le dije:

—¡Yo no tuve la puta culpa de lo que pasó! ¡Si crees que voy a seguir aguantando tus chingaderas solo porque te sientes tan mal como yo me siento, estás muy equivocada! ¡Yo también los quería mucho! Todo lo que estás haciendo para hacerme sentir culpable también te involucra a ti porque tú también estabas ahí. No tienes ni la más mínima idea de lo horrible que me haces sentir. ¡Quiero olvidarme de todo, dejar todo en el pasado, empezar de nuevo tú y yo! Pero te empeñas en arruinarme la vida. ¿Es esta la idea que tienes de felicidad? ¿Esto es lo que quieres que le dejemos a nuestro hijo? ¡Puta madre! ¡Eres una hija de la chingada! ¿Y sabes qué es lo peor? ¡Lo peor es que te amo! ¡Que me vuelves loco! ¡Que te amo por ser una hija de la chingada porque yo también lo soy! ¡Mi vida es un asco! ¡Todas las mamadas que escribo, las escribo por ti, para ti, porque eres la única miserable existencia y alegría que existe para mí! ¡Te odio! ¡Te amo! ¡Quisiera que te murieras, pero quisiera morirme contigo! Y no importa lo que hagas o digas porque sé y estoy seguro de que tú me amas también...

Por fin, terminé mi oxígeno, mi rencor, y me solté a llorar. En realidad, fue un momento desolador. Alma sacó un inhalador de su bolsa de mano; aún estaba asustada por mi reacción. Respiró varias veces del aparato para tener aire suficiente. Su miedo se transformó en una ligera sonrisa, volvió a recostarse en el asiento y tranquilamente me dijo:

—En realidad, no tengo ganas de llegar a mi casa.

Puse en marcha el carro, tomé todo Insurgentes para conectar con el periférico en dirección al sur, un jueves tranquilo por la madrugada, donde es permitido manejar a alta velocidad sin problemas de tráfico. No miré a Alma por ningún motivo; no había necesidad. Me había salido con la mía, lo demás no tenía importancia. Me sentí aliviado luego de que Alma tomó mi pierna con su mano izquierda y se recargó en mi hombro. Ambos habíamos pasado por momentos muy difíciles los días anteriores; no teníamos otra opción que pensar en el futuro que el destino nos había puesto enfrente. Por un lado, me sentía feliz por tenerla junto a mí, por saber que dentro de poco tiempo iba a convertirme en padre. Realmente es una emoción maravillosa, pero, por el otro, no dejaba de aterrorizarme imaginar la reacción de mis padres al enterarse de que su lindo hijo mimado estaba a punto de hacerse hombre de familia ¡sin estar casado! Y más horrible era la visión de mi suegro virtual con machete en mano esperándome en el pórtico de su casa para rebanarme y cocinarme para la cena.

Además, estaba la otra situación... Llegamos a la primera caseta de cobro; Alma se levantó y miró el lugar donde nos encontrábamos. Esperaba un golpe, una mentada de madre o, de plano, que se bajara del coche y se fuera caminando a su casa. En cambio, me miró como nunca antes lo había hecho y me correspondió con un hermoso beso, que hasta la fecha ha sido el más delicioso de toda mi vida.

Nuevos ánimos para seguir por la carretera hasta donde mi instinto nos llevara. En realidad, no tenía idea de adónde íbamos a ir y creo que Alma lo sabía. No tenía mucho dinero en la bolsa, pero contaba con algunas tarjetas de crédito que tenían un saldo razonable para estar bien por dos días. Entonces, se me ocurrió la osada idea de ir al lugar donde se había generado la mala noticia; había que comprobar lo dicho y reconocer de una vez por todas qué había pasado. Tenía miedo, pero era lo mejor: terminar el ciclo para comenzar uno nuevo muy pronto. Regresaríamos a Acapulco.

Estaba en aprietos. Mi conciencia me pedía a gritos que diera marcha atrás con este intento; mis entrañas, todo lo contrario, me decían que siguiera adelante, que no me detuviera. Había tenido un día muy duro; no sé cómo iba a soportar cerca de cinco horas manejando sin parar. ¿Con qué cara voy a llegar con Aída y pedirle que me aclare lo sucedido? Sabía que no podía estar preguntándome tantas cosas porque seguramente me arrepentiría, así que simplemente me dediqué a manejar hasta llegar a la siguiente caseta para comprar algo de cenar. Alma, por su parte, se quedó profundamente dormida; esa ha sido siempre su forma de evadir los problemas: dormir. Estoy seguro de que no quería darse cuenta de que ya no había marcha atrás, que tal vez la correrían de su casa e, inclusive, encontraría algo nada agradable en Acapulco. En fin, mejor se durmió; suertuda, ella sí puede.

VI

Había adquirido el suficiente valor para intentar un primer acercamiento con la huesuda. El mundo me estaba sonriendo y mi inspiración había regresado en gran cantidad. En tan solo tres semanas, escribí una pequeña obra que mi hermana presentaría en la escuela como parte de la semana cultural de su secundaria. Además, me nombraron director del montaje y actuaría en un pequeño papel que precisamente escribí para mí. Ahora el problema era encontrar el momento adecuado para presentarme con mi musa. Estuve durante varias mañanas espiando la puerta de entrada de su casa para tomar nota de su hora de salida, su hora de llegada, a qué hora iba a comprar pan, etc. Pero fracasé; nunca pude atraparla. No salió por las mañanas, ni tampoco por las noches. Supuse que estaría de vacaciones o tendría trabajo que hacer en casa. La única opción era inevitable: simplemente tenía que cruzar la calle, tocar la puerta... ¿y después? ¿preguntar por ella? ¿pedir una taza de azúcar? No, por favor. Sabía que si me ponía a dudar, jamás daría el siguiente paso.

Era viernes por la mañana, un otoño caluroso. El hombre de la basura barría la acera con vigor y fortaleza. Algunas ancianas salían con sus carritos de mandado para ir al mercado. Mi madre cocinaba el picadillo que comeríamos por la tarde; un delicioso olor a jitomate permeaba la casa. La sirvienta grababa música de Luis Miguel en una cinta para después tocarla en la fiesta a la que iría esa noche. Salí de bañarme y me puse un poco de la loción de mi padre, de esas que huelen a "siete machos". Me vestí con la ropa que pensé que me quedaba mejor: pantalón de pana negro, calcetines grises con estampado de rombos, una camisa blanca con cuello de tortuga y mis tenis Converse. Me recogí el cabello con una liga, me miré al espejo, subí mi autoestima durante algunos segundos, respiré profundamente y lentamente salí de mi cuarto. Bajé las escaleras, llegué a la puerta, me detuve, cerré los ojos y pensé: "No puedo. Soy un estúpido al querer hacer algo que está fuera de lugar. Ni siquiera soy guapo. No tengo por qué echarlo todo a perder. Así estoy bien. Ella seguramente está muy bien sin mí. ¿Por qué romper con la magia de esta relación que no existe? Tengo esta pendeja necesidad de conocerte, de saber todo de ti, quién eres, cuántos años tienes. Me pareces tan hermosa. ¿Por qué siento que te amo si ni siquiera sé cómo te llamas? Quiero entregarte mi cuerpo, mi alma".

Mis pensamientos se vieron interrumpidos por un estruendoso toque en la puerta. Pegué un gran salto; creí que estaba salvado. Tenía que recibir a quien había llegado y ya no tendría la posibilidad de ir a tocar a su casa. Pero cuando abrí la puerta, supe que el destino se estaba burlando de mí. Tuve que fingir que no me estaba muriendo ante la persona que estaba frente a mis ojos. Por alguna razón, hasta ese momento desconocida, tenía a la huesuda justo en la entrada de mi casa.

La miré con extrañeza; ella, sin embargo, parecía familiarizada conmigo. No supe qué decir, simplemente me quedé aferrado al picaporte, esperando que ella misma anunciara el motivo de su llegada. Me miró con cierta preocupación y me dijo: "¿Puedo pasar?". De nuevo no dije nada. Sin soltarme de mi "bastón", me hice a un lado para que la encarnación de mis pesadillas pasara a la sala. Seguía asombrado; la huesuda se metió como si conociera la casa, rápidamente se sentó en el sillón favorito de mi madre y se acurrucó en una extraña posición fetal que me recordó un viejo ejercicio de actuación. Tomé aire, cerré la puerta muy despacio, y en mi trayecto hacia el sillón para dos personas que me parecía muy cómodo, traté de adivinar lo que estaba ocurriendo, eso sí, sin el valor para mirar a los ojos al regalo que el destino había puesto frente a mí. Ella me miraba con una sonrisa en su rostro; era obvio que yo estaba temblando y nervioso. Permanecimos en silencio durante algunos segundos hasta que recordé aquella fuerza que tenía hace algunos minutos. ¿Qué más podía pedir? Me había ahorrado el angustioso pesar de ir a buscarla; la tenía justo frente a mí. Ahora solo era cuestión de decirle... ¿decirle qué? Callé mi cerebro y dejé que el instinto hiciera todo el trabajo. Ella soltaba pequeñas risitas que me ponían aún más nervioso. Estaba esperando a que yo le dijera algo, y lo hice:

- Entonces, ¿qué...?

- ¿Qué de qué?

- ¿A qué se debe tu visita a esta casa?

- La verdad es que creí que tu madre me abriría la puerta. ¿No está?

- ¿Vienes a ver a mi mamá?

- Pues sí, ni modo que a ti, baboso.

El instinto me falló; mi cerebro de inmediato volvió a funcionar y comprendí que ella no venía a verme a mí. Claro, si ni siquiera sabe que existo. Fui un estúpido; estuve a punto de echarme a correr, pero decidí tratar de componer la situación:

- ¿Tú vives aquí enfrente, verdad?

- Sí, mi madre era muy amiga de la tuya, hasta que murió. Vine a darle la mala noticia.

- Qué pena, lo siento mucho.
- No creo que lo sientas; ni siquiera la conociste.
- Perdón; era un pésame por educación.
- Bueno, señor educación, ¿le va a hablar a su mamá o no...?

Derrotado, humillado, insultado, esta mujer sin duda alguna es algo muy especial. Ahora que tuve la oportunidad de escuchar su voz, me doy cuenta de que es aún más hermosa. No es aguda, pero tampoco muy grave; está en el punto en el que mis oídos escuchan música celestial, aunque hayan sido insultos. "Pinche vieja", pero no estoy enojado. Seguro no quiere hablar conmigo. Hay que ser razonables, su madre acaba de morir; no creo que tenga tiempo ni humor para hablar con tipejos que la espían cuando baila semidesnuda en la azotea. ¿Qué demonios? Voy a avisarle a mi madre y a olvidarme del tema por hoy. Seguramente habrá misa y rosario y toda la cosa. Iré con mi madre para poder verla más tiempo y, quizás, ahí pueda conquistarla. Voy a tener que entrar a la iglesia, qué horror. ¿Vale la pena? ¿Y si me insulta otra vez? La insultaré yo; la buscaré y le diré que la he visto haciendo sus rituales y que no tiene sentido del arte. Sí, eso le diré y entonces se sorprenderá y tendrá interés al fin, y le podré preguntar cómo carajos se llama, porque ni siquiera eso sé... Ah, hola mamá. No, no hablaba sola; pensaba en voz alta. Oye, te busca la hija de la señora de enfrente; te quiere decir algo.

En ese momento, pude retirarme a mi habitación a escribir sobre mi fracaso; sin embargo, opté por regresar a la sala con mi madre y escuchar toda la conversación. Mi ego estaba herido; de alguna forma tenía que mostrarme y hacerme notar. Quería obligarla a que me recordara, aunque solo me hubiera visto una vez. Cuando llegamos a la sala, la huesuda se paró y miró a mi madre con asombro. Asumo que todo lo que había escuchado de ella era cierto, porque la abrazó fuertemente. Me dio doble envidia, le susurró algo al oído y le cedió su lugar, como sabiendo que ese sillón era su favorito. Me fui a sentar al lugar que había ocupado anteriormente y la huesuda se sentó junto a mí, muy cerca. Nuestras piernas tenían un contacto bastante generoso y nuestras manos se rozaban durante algunos momentos, gracias a la astucia y destreza de mis dedos largos.

Mi madre tomó la noticia muy mal; lloraba a moco tendido. Se notaba que la señora y ella eran muy amigas. La huesuda mencionó lo bien que hablaba su madre de la mía, de cómo estuvieron juntas más de quince años asistiendo todos los miércoles a tomar café a Sanborns (eso explica las misteriosas salidas de mi madre, siempre el mismo día a la misma hora), de la compañía que se hacían dos mujeres solitarias con maridos que ya no pensaban en ellas, y de aquellas pocas ocasiones en las que "ella" las había acompañado (¿?). Yo nunca supe de esas salidas, no recuerdo a la señora; es más, no sé ni cómo es. Creo que la falta de comunicación entre mis padres y yo no me ha permitido interesarme por lo que hacen o dejan de hacer. Al fin pude conocer su nombre: Alma, aunque al principio lo dudé, porque mi madre suele decirle "mi alma" a cualquiera que se le pone enfrente (otra señal más de su necesidad de cariño). Todo iba tomando forma; la huesuda, Alma, ya tenía nombre, familia, casa... solo hacía falta conocerla más, y creo que acompañar a mamá a los rosarios me sería de gran ayuda (creo que el sacrificio valía la pena).

Algo extraño sucedió. Cuando mi madre preguntó la causa de la muerte de su amiga, Alma se quedó en silencio, comenzó a respirar rápidamente y parecía que se quedaba sin aire. Sacó de la bolsa de su pantalón un inhalador que le dio alivio. Nos sobresaltamos; la pregunta le había incomodado. "La verdad no lo sabemos, señora", respondió mientras su rostro se tornaba paliducho y se acomodaba en el sillón aún más cerca de mí. Al ver esa imagen (ella y yo muy juntitos), mi madre nos miró de pies a cabeza. Algo perverso pasaba por su mente, pues se le dibujó una tierna sonrisa que me puso aún más nervioso. De inmediato, me separé un poco de su cuerpo y desvié la mirada hacia un cuadro de Van Gogh que estaba en la pared.

La escena se vio interrumpida por la llegada de mi hermana Laura, que, como siempre, azotó la puerta, dejó su mochila en la entrada de la sala, le dio un gran abrazo con beso a mi madre y saludó también muy cariñosamente a Alma. Luego, analizó la situación, se me quedó mirando con una risita y salió triunfante, dando grandes carcajadas. De pronto, descubrí la verdad: Alma era muy famosa en mi casa; mi madre y mi hermana la adoraban y tenían en mente que yo, algún día, tendría que conocerla. Pero, ¿por qué nunca la había visto hasta ese día en el parque? ¿Qué secretos nos escondían a mi padre y a mí? ¿Realmente me veía nervioso ante la presencia de Alma? ¿Habrá descubierto mi hermana que el cambio de recámara era para verla a ella?

Alma se quedó a comer. Se notaba que estaba triste; yo pasaba de la felicidad a la angustia a cada rato. Mi madre también se mostraba triste, mientras que mi hermana, como los adolescentes de su edad, le valía la situación y estaba feliz. Laura platicaba con gusto que el chico que le gustaba le había pedido que le ayudara con la tarea y que vendría hoy a la casa por la tarde. Mi madre la reprendió por no haberle pedido permiso a mi papá, pero no pasó de ahí. Yo no dejaba de mirar a Alma; masticaba y la observaba, tomaba agua y la admiraba. Seguro que se daba cuenta, pero fingía. Mi madre, que como todas las madres tiene un sexto sentido, intuyó la situación y, en su afán de ayudar, metió la pata: "Hijo, no has hablado en todo este rato. ¿No conocías a Alma, verdad?" Por supuesto que no le iba a contar lo del parque ni lo de los bailes. Traté de hacerme el interesante: "No, no tenía el gusto".

Alma me miró un segundo y volvió a comer. Puedo asegurar que vi en sus ojos repulsión. Le hice a mi madre la cara que siempre le hago cuando le pido piedad, pero Laura aprovechó el momento para vengarse de tantas represiones de mi parte hacia su música de Luis Miguel: "¿No la conocías? Es muy bonita, ¿no? Como las que te gustan, claro, cuando piensas en mujeres." Mi madre calló a Laura. Ya no había remedio; mi hermana se había encargado de demostrarle a Alma que ellas pensaban que, como soy escritor, soy homosexual. La verdad es que no tengo nada contra ellos; de hecho, creo que son muy libres y respetables. Pero odiaba que me encasillaran en el famoso "cliché del escritor". Cada vez me hundía más; el picadillo me sabía a mojón y el agua, a alcantarilla. Estaba muerto de curiosidad por saber lo que Alma estaba pensando. Definitivamente, no era lo que yo tenía planeado para un primer encuentro. Entre las tres me desnudaron, pusieron sobre la mesa todos mis miedos, rencores... quería huir, pero hubiera sido muy cobarde, y entonces se acabarían todas mis posibilidades. Afortunadamente, Alma me salvó, cambiando de tema y elogiando a mi madre por su comida y a mi hermana por su hermoso cabello largo. De ahí, la plática se extendió hasta la fecha y la hora de los rosarios. Fue extraño que, siendo ese mismo día el velorio, Alma tuviera tiempo para sentarse a comer con nosotros. Habría que avisarle a los otros miembros de su familia, ¿no? Mi madre le preguntó por su papá, y ella dijo que se encontraba haciéndose cargo de todo el papeleo, el arreglo del funeral, etc. Creo que no se dio cuenta de que mi madre le preguntaba por su estado emocional, no por su ubicación actual.

Al fin terminó la comida y llegó la hora de despedirse. Laura se fue rápidamente a su habitación a prepararse para la llegada del divino mancebo. Mi madre se despidió de Alma y le dijo que, por lo menos, ella estaría en el velorio, recordando una vez más que su gran amiga había muerto, y se fue a la cocina, pidiéndome que acompañara a Alma a la puerta. Una vez más, estábamos solos; era mi oportunidad para justificarme. Estaba dispuesto a aprovechar el momento. Es más, quería agarrarla de los brazos y plantarle un beso de esos que daba Pedro Infante en sus películas. En cambio, esperé escuchar algo que saliera de su boca:

—Consuela a tu mamá, le afectó mucho.

—Sí, yo la llevo al velorio al rato para que no se vaya sola.

—Como quieras, me voy.

—Adiós. Cuídate mucho.

—Oye, antes de irme quería decirte que no voy a salir en toda la semana, por luto a mi madre.

—¿Salir?

—Sí, POR LA NOCHE. Ni me esperes despierto, porque no sé hasta cuándo vaya a bailar.

Se fue sin decir más. Yo me quedé pasmado; ella siempre supo que yo la veía por las noches. Ahora, más de un millón de preguntas acosaban mi cerebro con amenazas de hacerlo estallar.

VII

Eran ya las tres de la mañana. Me detuve en una gasolinera que tenía un pequeño restaurante para trasnochados. Desperté a Alma y le ofrecí que cenáramos algo. Después de varios bostezos y estiramientos, la señorita bajó del auto y entró al lugar, mientras yo cargaba gasolina una vez más. El lugar se parecía mucho a esos que se ven en las películas gringas, solo que en vez de traileros bigotones, con botas y sombreros, había uno que otro hombre de piel morena con tantas copas encima que difícilmente podía permanecer de pie. Alma se sentó en una mesa cerca de la ventana; teníamos la preciosa vista de una gasolinera con empleados rascándose los traseros y sonándose los mocos mientras fumaban, esperando el momento en que todo volara y nos fuéramos al más allá antes de tiempo. Pedimos carne a la tampiqueña y dos Coca-Colas. Aunque con sueño, Alma estaba muy entusiasmada con el viaje que íbamos a emprender. Acabábamos de regresar de Acapulco hace dos semanas y aún faltaban algunas horas de viaje. Pensaba en mis padres: mi madre estaría en este momento esperando a que llegara, sentada en su sillón con Matías y leyendo las cartas de mi padre. Se preocupará; mi padre se enojará porque prácticamente me robé el carro, y mi hermana me culpará si mi madre se enferma. El señor González querrá mandarme a las Islas Marías... "¿Quieres hablar a tu casa?" "Estás pendejo, a mi padre le dará un ataque cuando le diga que vamos hacia Acapulco otra vez.¿" "No te importa que se preocupe?" "Se preocupa porque quiere; yo no le digo que lo haga, ¿o sí?" No estaba entendiendo. Antes de salir de México, Alma tenía muchísima prisa por llegar a su casa; de hecho, siempre me obliga a que lleguemos justo a la hora y en este momento no quiere saber nada de él. Su actitud me hizo recapacitar y fui al baño. Luego le marqué a mamá; le dije que estaba bien, que no se preocupara, que se durmiera tranquila. Lógicamente, me mandó al demonio, pero al menos ya le había avisado. Después marqué el número de Alma y se prendió la contestadora telefónica. ¡Me salvé! "Señor, le hablo para decirle que Alma está bien. Vamos a estar unos días en Acapulco porque su hija olvidó unos papeles importantes del trabajo. Por favor, no se enoje con ella; le prometo que la voy a cuidar mucho. Usted cuídese también. Gracias." Me sentí aliviado. Cuando regresé a la mesa, Alma no estaba. En su lugar, un borracho devoraba muy a gusto nuestras carnes y eructaba con el gas de nuestros refrescos de cola. La adrenalina inundó mi estómago. Le pregunté a la mesera por ella; no la había visto. A los pocos borrachos que aún eran conscientes, ni caso me hicieron. Pagué la cuenta y me demoré algunos segundos en firmar el papel. Regresé al auto, pero no estaba allí. Le pregunté al despachador de gasolina; estaba seguro de que no había salido. Al baño no entró, yo estaba ahí. Entonces, ¿dónde estás, Alma?

ALMA

Noche fría, tormento de voces en mi cabeza. Ahora comienza a llover; la lluvia me agrada, me recuerda mucho las mañanas en Rusia. Escucho el sonido de la tierra; me dice cosas que no comprendo. El dolor es insoportable, me arde la parte baja del vientre. ¿Será mi hijo quien me reclama? Vomito lo que ni siquiera cené. Las voces me piden que me levante; yo me retuerzo en la tierra, el lodo me envuelve cariñosamente. No hay nadie que me vea aquí, estoy lejos de él, el hombre que amo, el hombre que tanto odio, el padre de mi hijo. Necesito aire; tengo asma. Algunos gusanos se arrastran sobre mi cuerpo. Los truenos caen cerca; lo sé porque después de su luz se escuchan casi de inmediato. Tengo sed. La lluvia es ácida; es dañino tomarla. Mi pelo está pegado a mi ropa; me rompí una uña al caerme y me duele la mano. Con la lluvia, se me cae el maquillaje. Tengo miedo de morir, miedo de parir, miedo de amar, miedo de sentir. Las malditas voces no se callan; desde aquí lo escucho gritar mi nombre, como si fuera el anuncio del apocalipsis. "Mamá, te extraño". Quisiera que aún vivieras para poder afianzarme de tu mano y dejar que me llevaras por el camino correcto. Sin ti, me muero de miedo. El terror. Mi padre quiere que ocupe tu lugar. Han pasado tres años y ha tenido dos matrimonios más, pero aun así quiere que yo tome tu lugar. Ayúdame, mamá; voy a ser una como tú, voy a ser madre y no sé cómo. Si pudieras verme ahora, escondida tras un arbusto, expuesta a los peligros de la noche, porque no puedo decirle a la persona que amo cuánto miedo tengo. ¿Sabes? Él ahora me está buscando; yo soy el centro de su vida y eso me incomoda. Me presiona. Estoy segura de que sin mí él no es nada, así como papá dejó de ser alguien sin ti. ¿Por qué los hombres son tan dependientes, mamá? ¿Y por qué a las mujeres nos gusta eso? ¿Por qué no te metes en mis sueños mientras duermo y me das la fuerza que necesito para ser yo? ¿Es normal que me duela el vientre, mamá? Te fuiste justo cuando él llegó; nunca pudiste darme tu opinión, no me pudiste guiar en esto del amor. Tuve que hacerlo yo sola. No sé qué está bien. Me he vuelto a vomitar, ahora en mi ropa. Estoy hecha un asco; cada minuto que pasa necesito más oxígeno. ¿Por eso me mandaste lejos de ti? ¿Me mandaste a Rusia cuando tenía seis años solo para que no tuvieras que cuidar de mi asma? ¿Te moriste para no tener que decirme qué hacer cuando estuviera enamorada? Todo lo tuve que aprender sola, mamá: a amar, a entender el porqué sangraba por debajo cada veintiocho días, a hacer de comer, a vestirme, ¡a utilizar el maldito aparato del que depende mi respiración! Ya no puedo sola. Me voy con la persona que amo, está desesperado. No es justo: él me comprará ropa nueva y seguramente me mimará como me gusta, como tú y papá nunca lo hicieron.

VIII

Me quedé con la ropa que traía; ya me había puesto lo mejor que tengo para salir a su encuentro. Mi madre, en cambio, se vistió completamente de negro, incluyendo aquella mascada de seda que mi abuela le había legado y que nunca había utilizado. Se sentían contrastes en la casa: mi madre, demasiado triste por un lado, y mi hermana a punto de tener su primer amor justo donde ella lo quería. Esperábamos a que llegara mi padre para que se quedara con la mocosa y mi madre y yo fuéramos al velatorio. Se nos estaba haciendo tarde. El muchacho llegó, un horroroso ser que sobrepasaba el metro ochenta, con pantalones demasiado grandes, una camisa de un equipo de fútbol y un gorrito de tela que lo hacían parecer un anuncio viviente de condones. Un par de aretes en la oreja y un olor a muerto fresco definitivamente no ayudaban al muchacho a ganarse mi confianza. Mi madre me pidió que me quedara con ellos mientras llegaba mi padre y que después la alcanzara en el velorio de la mamá de Alma. Claro que acepté, tomé el teléfono y pedí un taxi.

Por primera vez supe lo que son los celos de hermano mayor. No podía creer que mi pequeña hermana ya tenía ganas de derramar endorfinas cuando un muchacho la pretendía. Sin duda, el cuate este era agradable; se llamaba Ismael. Por increíble que pareciera, sus padres eran unos empresarios adinerados con acciones en una importante empresa textil. A sus escasos quince años, el chamaquete ya andaba por la vida en su carro último modelo con un permiso provisional que le aseguraba cero detenciones por parte de los policías de tránsito. Platiqué con él algunos minutos, el tiempo que mi hermana tardó en vaciarse la botella de perfume. Ismael trató de ganarse mi confianza, alabó el texto de la obra de teatro que había escrito para mi hermana y fingió tener conocimiento de todos los textos que había escrito. Supe que mentía cuando le pedí su opinión sobre uno de los poemas que le escribí a mi hermana, que terminó impreso hasta en el periódico de su escuela.

Me preocupé aún más cuando vi a mi hermana bajar por la escalera con una blusa bastante ceñida y un escote que dejaba ver su transformación de niña a mujer. Y, por supuesto, al otro se le mojaron los pantalones al verla. Me dio coraje recordar que yo alguna vez estuve en el lugar de Ismael, cuando intentaba hacer tarea con una niña que me gustaba y en lo que menos pensaba era en la tarea. Había que seguirlos muy de cerca.

Angustia. Esperaba a que mi padre llegara para ir al velorio. Después de lo que Alma me había dicho por la tarde, era lógico que tenía que estar allí. Si ella sabía que yo la espiaba cuando bailaba, entonces bailaba para mí, ¿no? Tonterías como esta me pasaban por la cabeza cuando sonó el teléfono. Era mi padre, que me dio un golpe en el pecho al decirme que llegaría muy tarde debido al exceso de trabajo. ¿Mi padre con exceso de trabajo? El destino, porque hacía mucho tiempo que esto no ocurría. En fin, tenía dos opciones: cumplir con mi deber de hermano mayor y vigilar cuidadosamente a Laura o confiar en su calidad de señorita de buena familia y en la educación de Ismael y emprender la búsqueda de las respuestas a todas mis preguntas. Difícil elección. Es complicado romper la autoridad de un padre cuando ya eres mayor de edad; tenía que encontrar un pretexto para hacerlo.

Me asomé a verlos y, sorpresivamente, sí estaban haciendo la tarea, cada uno sentado en un extremo de la mesa. Ismael observaba detenidamente el cuaderno en lugar del escote de Laura, y ella, concentrada en la explicación y no en derramar baba al contemplar al gigantón. Respiré aliviado. Los trece años de Laura no eran sinónimo de estupidez. Estaba seguro de que podía confiar en ellos. Tomé mi saco y astutamente les dije que solo iba a la tienda, que no me tardaría mucho. Laura me miró a los ojos y me sonrió. Yo la miré con complicidad y, tratando de que Ismael no me viera, le gesticulé con los labios: "Pórtate bien".

Tomé un taxi y, por treinta pesos, me llevó a la funeraria. Al llegar, tuve que buscar la capilla yo mismo porque nunca se me ocurrió preguntarle a mi madre cómo se llamaba la señora. Es bastante penoso entrar de capilla en capilla buscando a alguien conocido. Al octavo intento, la encontré. Caminaba por el pasillo cuando reconocí a mi madre llorando frente a un ataúd justo al final del corredor. Entré; la soledad invadió mi ser cuando me di cuenta de que, además de mi madre y Alma, solo un señor estaba ahí. Mis pasos se escuchaban por toda la sala. La respiración de los cuatro presentes se confundía con el llanto de mi mamá. Me acerqué y la tomé de los hombros. Me asomé a conocer a la difunta. ¡Qué mujer más hermosa! Alma era tal vez solo un tercio de lo hermosa que fue su madre: su tez blanca, su cabello largo del mismo color que el de su hija. En su rostro marchito había restos de tranquilidad. La mujer se veía realmente descansando en paz.

Alma estaba junto a una ventana, mirando hacia el monumento a la madre. Me acerqué a ella, pero no me hizo el menor caso. La tomé de la mano; seguía sin reaccionar. Fue hasta que con mi otra mano le acaricié suavemente la cabeza cuando realmente reaccionó. Sin mirarme, se tendió a llorar en mis brazos. Entiendo que esta situación se debía a su tristeza. Recuerdo que en el velorio de mi abuela, una de mis tías se echó a llorar en los brazos de un hombre que simplemente pasaba por ahí con su trapeador para hacer la limpieza. De ninguna manera debía pasar por mi cabeza que era porque Alma sentía algo hacia mí, aunque se sentía maravillosamente. Me da pena reconocer que, de cierta manera, estaba excitado. Nunca la había tenido tan cerca. Por un momento dejé de lado la incógnita de por qué no había nadie más presente y me puse a analizar al que creo que era el padre de Alma.

Claro que el señor era militar. Se le notaba en su complexión: rebasaba el uno noventa de estatura, era fornido, grande, con el cabello demasiado corto, facciones rígidas y un mentón que quizás podría partir nueces de un solo golpe. Tenía una presencia magnánima: serio, en posición militar de descanso, con las manos atrás y mirando hacia ninguna parte. Creo que ni siquiera se dio cuenta cuando entré. Su atuendo totalmente negro resaltaba su piel color chocolate. Imaginé por un momento cómo se vería junto a su esposa, una mujer que, por lo que vi en el ataúd, no era muy alta, además de tener la piel en contraste con la suya: blanca como la leche, la leche y el chocolate.

Alma paró de llorar y se acercó a mi madre. Por respeto, me quedé junto a la ventana. El señor, por fin, regresó a la realidad y me miró de pies a cabeza. Con extrañeza y pasos redoblados se colocó justo enfrente de mí y, mirando hacia abajo (yo soy veinte centímetros más pequeño que él), me extendió la mano y dijo:

"Soy el esposo de Moira y tú eres…"

"Alberto, el hijo de Lupita, señor; mucho gusto".

Me apretó la mano con fuerza, me sonrió desganado y, al darse cuenta de que yo era su único escape de la realidad, se puso a platicar conmigo:

—Has crecido mucho, Beto. ¿Sabes que yo te conocí desde que eras un bebé?

—No, señor, no lo sabía. Siento mucho lo de su esposa.

—Cuando naciste, Almita tenía un mes de nacida.

—¿De verdad? Señor, me hubiera gustado conocer más a su esposa.

—Me acuerdo de que iban a la misma guardería. Las educadoras decían que siempre se peleaban.

—Mis padres nunca me hablaron de eso. Yo no recuerdo, señor; estaba muy chico.

—Yo era un militar bien acomodado en el gobierno; casi no veía a mi familia.

—Señor, ¿le puedo hacer una pregunta?

—Siempre me tocaba limpiar los crímenes políticos; que no quede ni un rastro de quién fue.

—¿Por qué nadie más vino a velar a su esposa?

—Tenía yo mucho trabajo; no tenía tiempo de atender a mi esposa y a mi hija.

—Señor, ¿me está poniendo atención?

—Mucho dinero, pero poco tiempo.

—Oiga, no me está escuchando.

—¡Tú eres el que no me está escuchando! ¿Qué no entiendes que no quiero hablar de esto?

Mi madre dejó de llorar, Alma me miró con rencor, el señor dio un golpe en la pared y yo, mejor, me fui.

Como el perro que han mandado a vivir al patio porque nunca aprendió a orinar en el periódico, decidí esperar a mi madre afuera, sentado en una banca del parque de por ahí, entre prostitutas que me ofrecían sus más altos manjares a bajo costo, señores parados en las esquinas en espera de su chica favorita, vendedores de droga y algunas patrullas para vigilar que este bajo mundo se desarrolle en armonía. Fumaba más de lo normal; debo aprender a no meterme en lo que no me importa. Aunque realmente no entendía la molestia del señor; era la primera vez que hablaba con él, y tal vez la última. Nunca me había sentido tan patán: aprovecharme de un velorio para ver a una mujer, hacer sentir peor al esposo destrozado, poner en vergüenza a la mujer que me dio la vida, dejar a mi hermanita en garras de un "puberto" desconocido. Ya había cometido suficientes errores ese día, pero aún faltaba lo peor.

Mientras me castigaba por mis acciones, sentí una mirada proveniente de la ventana de la capilla. Era Alma; me estaba mirando. Los papeles se habían invertido: yo era el espiado en mi intimidad. Quería, de alguna manera, corresponderle y darle un pedazo de mi soledad. No sabía bailar tan bien como ella, así que si quería que me conociera desde lo más profundo de mi ser, tenía que ser yo mismo, ser sobresaliente para que ella se interesara en mí. Prendí otro cigarro y lo coloqué entre mis dedos anular e índice. Me levanté y comencé a decir en voz alta "La noche del soldado" de Neruda. Mi espectáculo estaba reforzado gracias a la luz de un farol que iluminaba con gratitud mi escenario. Hacía movimientos grandes con las manos, trataba de crear imágenes con mis palabras. De pronto, me encontraba rodeado de prostitutas que escuchaban atentamente mi poema. Algunas se burlaban de mí, otras, en silencio, apreciaban la belleza de las palabras de Neruda. Otras sacaban los chicles de sus bocas y me los ofrecían con euforia. ¡Qué momento! Alma no dejaba de mirarme. Interrumpí el poema y agradecí con una reverencia que aprendí de un mal actor. Las muchachas aplaudieron; otros mirones se fueron molestos, en particular dos chicas que parecían más jóvenes que yo. Se sacaron unos billetes de entre los senos y me los ofrecieron: "Toma, manito, de veras eres re chido".

"No, gracias, no hice esto por dinero".

"¿Me vas a despreciar, manito?"

"Está bien, gracias". Se sintió agradecida, y la otra, antes de que pudiera decirle algo, me puso los billetes en la mano y echó a correr. Dejé de sentir la mirada de Alma; creo que realmente había metido la pata.

Alma llegó hasta donde yo estaba; las "sexo servidoras" la miraron con odio. Me reclamó que estaba haciendo mucho ruido y que esa no era manera de respetar a una difunta; que era muy vengativo, que había hecho ese numerito para molestar a su padre, que era una persona muy perversa y que nunca se me ocurriera dirigirle la palabra. Yo, con una sensación de malestar, vivía como mis esperanzas se iban por el caño.

—Madre, ¿podrías decirme qué fue de mi amigo Andy, que vivía donde Alma? ¿Por qué el señor me dijo que me conoce desde que nací si mi padre me dijo que ellos se mudaron en el 85? ¿Por qué no había nadie más en el velorio?

—Todas esas preguntas tienen respuesta, hijo, pero no sé cuál es tu interés en saberlo. Lo que hiciste estuvo muy mal. Ya sabes que yo no te reprocho nada, pero debes ser más cuidadoso con los sentimientos de las personas. No todos piensan como tú.

—Madre, lo único que te puedo decir es que no lo hice de mala fe. Sé que pudo parecer algo grosero, pero lo último que quería era causarle algún mal a Alma, digo, a su papá.

—¿Por qué yo nunca vi a esa señora en la casa si eran tan amigas?

—Hasta ayer no sabía que Alma vivía enfrente de nosotros. Te juro que solo es mera curiosidad. ¿Podrías contestarme todo lo que te pregunto? ¿Le dijiste a tu padre adónde íbamos a ir?

—Este... hay algo que no te he dicho, y creo que es otra cosa que hice mal.

—¿Qué hiciste, Alberto?

—Dejé sola a Laura.

—¿Sola, sola?

—No... sola... acompañada.

—¿Dejaste a tu hermana sola con ese muchacho?

—Cuando yo me salí, realmente estaban haciendo la tarea; te lo juro.

—¡Eres un irresponsable! ¿Tienes idea de todo lo que puede estar pasando? ¿Quieres que tu hermana sea madre a sus trece años?

—No creo que sea para tanto.

—¿No? ¿Conoces al chamaco ese? ¿Viste su aspecto? ¿Lo oliste? ¡Alberto! ¿Qué te ha pasado?

—Es que hablé con mi papá y me dijo que iba a llegar muy tarde y yo te tenía que acompañar al velorio.

—¡Peor aún! Cuando lleguemos, tu padre ya habrá llegado y se pondrá furioso si encuentra a Laura con ese muchacho ¡sola! ¿Y qué es eso de que me tenías que acompañar? No te hagas, querías ver a la escuincla esa... a Almita. Por eso me haces tantas preguntas, quieres saber de ella porque te interesó la muchacha, y por esa tontería nos hemos buscado un problema con tu padre, ¡por tus calenturas! Ruégale a Dios que Laura se haya portado bien porque si algo pasa...

—¿Puede ir más rápido, chofer? ¡Gracias!

El resto del trayecto fue en silencio. Mi madre había olvidado la muerte de su gran amiga, pero no olvidaba que su niño consentido había transgredido las leyes de la moral y había manipulado la situación para salirse con la suya. Me empecé a preocupar por Laura. Fui un tonto, pero mi madre es una sobreprotectora. Me preocupaba que tuviera problemas con mi padre, porque si de por sí no se hacen caso, la poca atención que tiene mi padre es para gritarle y reclamarle. Sus peleas son muy feas; las viví durante mucho tiempo. Además, tampoco quería que Laura fuera golpeada como tantas veces me tocó a mí. Algo bueno de todo esto es que supe que mi mamá tiene la mayoría de las respuestas que buscaba y, si todo salía bien, podría decirme la verdad acerca de Alma, su mamá, su padre, etc.

LAURA

Llegó mi mamá, no verá el coche de Ismael y estará tranquila por un momento; tampoco verá el de mi padre y también estará aliviada. Eso la demorará unos minutos antes de subir, tomará agua y saludará a Matías, que la estará esperando sentado en su sillón favorito. Alberto subirá antes que ella y me mirará asustado, mi hermanote; a veces es muy bueno. Él ya pasó por mi edad y sabe lo que sentimos cuando despertamos a la juventud.

Sigo viendo en el rincón aquellas muñecas con las que ya no me gusta jugar. Estoy sudando mucho, tengo muchos nervios, pero tengo que fingir; creo que lo hice bien. Con suerte, nadie se dará cuenta de lo que pasó. Pienso que fue muy rápido, tengo trece años, pero no soy tonta. He leído muchas revistas, no me va mal en la escuela, pero en este momento lo que menos me importa es la escuela.

Tuve que meterme a bañar; mi busto sigue creciendo día con día. ¿Llegaré a tener los pechos como mi madre? Ella los tiene grandes. Siento que huele feo; ¿la culpa tendrá olor? Cuando Ismael me besó no sentí lo mismo que cuando me besó Javier la primera vez. Recuerdo que fue como un beso de goma; ahora no fue así, ni siquiera se lavó los dientes. Su lengua atravesaba todo mi paladar y me daba cosquillas, pero no se siente tan mal. Dicen que si te frotas el cuello con una moneda de diez pesos se te quitan los chupetones. No me dio tiempo; qué bueno que se inventaron las bufandas, pero si no hace frío, ¿qué pretexto pongo? ¿Y si echo aromatizante para que se quite este olor? Sería demasiado sospechoso.

¿Podré confiar en mi hermano? A nadie le puedo contar lo que pasó; mis amigas dirán que soy una zorra, una putita, pero es por envidiosas. A ellas también se les antoja Ismael, que no se hagan. La otra vez vi a la Gorda y a la Chapis observando el entrenamiento de los de tercero, y se les caía la babota por Ismael. A mi mamá tampoco le puedo contar nada; todavía me trata como a una niña y me compra ropa rosa con encajito. Si le cuento a la sirvienta, segurito que va con el chisme; está joven, pero lo vería mal. Claro que no le parece mal cuando deja entrar al del gas cuando no están mis papás ni mi hermano. La otra vez me encontré el sillón manchado, como de pegamento, y luego, luego a limpiarlo. El único en quien puedo confiar es en Alberto. Pobre, sufre mucho por la vecina, se le nota, pero qué bueno; así nos demuestra que le gustan las mujeres. Además, él es mi cómplice. Nos dejó solos; lógicamente se iba a imaginar lo que pasaría. Ahí viene ya, subiendo las escaleras. Ojalá él me ayude a destapar el escusado porque tiré el condón por ahí y se tapó; ojalá me diga qué hacer con las sábanas llenas de sangre.

VIII

Rápidamente enrollamos las sábanas y las metí a mi recámara. Laura estaba muerta del susto; todo el cuarto olía a sexo, el retrete tapado con el cuerpo del delito flotando en el agua. Laura se me colgó del cuello y me hizo prometer que no le diría nada a mamá. Se lo prometí, pero le advertí que esto no volvería a pasar, por lo menos en la casa, para evitar que mi madre viera el regadero. Incité a Laura a que bajara y tratara de consolar a mi madre, tratando por todos los medios de evitar la conversación sobre lo que había pasado. Mi hermana obedeció y bajó, no sin antes darme las gracias. Vaya día; ahora tenía otro motivo para sentirme culpable. Ya me imagino que cuando Laura le cuente a Ismael lo que pasó, el chamaco tratará de aprovecharse más veces de mi pequeña hermana. Cabrón, no se lo iba a permitir.

Después de meter las manos en el escusado y poner el cuerpo del delito dentro de una bolsa de papas fritas y sellarla perfectamente con cinta, bajé a la sala a inspeccionar la situación. Mi madre lloraba mientras acariciaba a Matías, y Laura estaba en la cocina preparándonos café. Es increíble cómo ha crecido la niña; a sus trece años ya estaba acostumbrada a tomar café negro con muy poco azúcar. Antes de ir con mi madre, pasé a la cocina y en secreto le dije a mi hermana que ella y yo teníamos que platicar mañana, que se fuera a dormir, yo terminaría de preparar el café. Laura me dio un beso de buenas noches e hizo lo mismo con mamá. Subió las escaleras con aires de triunfo; estoy seguro de que iba a tener sueños muy placenteros o pesadillas de culpa espantosas.

—¿Cómo te sientes, mamá?
—Ha sido un día muy duro para mí.

—Lo sé; lo mejor es que te vayas a descansar y dejes que yo espere a papá. Si quiere algo de cenar, yo se lo preparo.
—Me parece muy raro.
—¿Qué?
—Que de pronto, después de veinticinco años de matrimonio, tu padre no llega. ¿No le habrá pasado algo?
—¿Quieres que le marque al taller?
—No, se va a enojar; siempre se molesta cuando le llamamos.
—Pues que se enoje, pero así tú ya estás tranquila.
—No, mejor lo espero despierta. Tú vete a dormir si quieres.
—¿Me puedo quedar contigo?
—¿Quieres que te hable de Alma, verdad?

Insisto en que las madres tienen un sexto sentido que las hace adivinar todo. Estoy seguro de que sabe incluso que Laura hizo cosas con Ismael, pero que no quiso darse cuenta para no sufrir más. Yo también estaba preocupado por mi padre, pero no porque algo le haya pasado, sino por su actitud sospechosa. Lo único que le faltaría a mi madre en este momento sería que mi padre tuviera una amante. Eso sí no se lo iba a perdonar. Yo tampoco. ¿Cómo buscar a una nueva mujer cuando tienes una en tu casa, hermosa y dispuesta a hacer por ti todo lo que le pidas porque te ama más que a nadie en el mundo?

Estábamos ya más tranquilos. Esa noche, mi madre me dijo con dulzura todo lo que sabía de Alma. Resulta que la señora Moira Slakov y mi madre se conocieron cuando ambas trabajaban como vendedoras en una tienda departamental. Se hicieron grandes amigas; eran muy jóvenes, mi madre tendría unos diecinueve años y Moira veinte. Aún vivían con sus padres en la colonia San Rafael. La mujer era de abuelos rusos que se quedaron en México después de la situación en Rusia durante la Segunda Guerra Mundial y la Guerra Fría. Al padre de Alma, don Nicolás, le gustaba mucho ir a tomar café a ese lugar y, curiosamente, visitar el departamento de dulces donde Moira y mi mamá estaban encargadas. El señor ya era algo maduro y siempre llevaba su traje de general, con el que las muchachas se volvían locas. Luego, Moira pidió su cambio a la cafetería y a mi madre le ofrecieron el puesto de secretaria del gerente. Ahí fue donde conoció a mi padre, quien se encargaba de hacer trabajos de serigrafía y mantas para esa tienda. Se casaron y se fueron a vivir a la colonia Juárez, que es donde vivimos actualmente.

Algunos años después, don Nicolás se casó con Moira, y ambas parejas, sin saberlo, encargaban a la cigüeña un hijo casi al mismo tiempo. El PRI le regaló a don Nico un departamento en la San Rafael, cerca de donde vivían los padres de Moira, para que los siguiera viendo. Nació Alma y un mes después nací yo. Moira y mi mamá seguían siendo muy amigas; se veían a veces en el trabajo, que, a pesar de ser madres de familia, no dejaron por puro gusto y por recomendación de don Nico, quien aseguraba que se vendría una crisis económica muy fuerte y que el doble ingreso sería necesario para poder sobrevivir.

La amistad solo era entre Moira y mi mamá porque nuestros padres nunca se habían visto. Don Nicolás se preparaba para su puesto en el gabinete del siguiente sexenio y tenía poco tiempo para atender a su familia; menos aún para conocer gente. Como había mucho que hacer y poco tiempo, nuestras madres nos metieron a la guardería de su trabajo, donde mi madre me cuenta que Alma se la pasaba pegándome y haciéndome llorar. Juro que no me acuerdo; ¿Alma se acordará? Pasaron los años y Miguel de la Madrid subió al poder. Ahora sí, Moira podía abandonar su trabajo para cuidar a su hija. Mi mamá dejó de saber de ella durante algunos años. Fue en ese lapso cuando crecí y conocí a mi amigo Andy, que vivía en la casa de enfrente. Se comenzó a hablar mucho de contaminación y explosión demográfica en la ciudad, por lo que los padres de Andy se lo llevaron a vivir a Guadalajara.

A principios de 1985, mi madre se encontró a Moira en una fiesta de aniversario de la tienda, donde le contó que las cosas no le habían salido muy bien. Su esposo se la pasaba muy ocupado todo el día, y su pequeña hija de seis años se había enfermado de asma por el terrible smog de la ciudad, por lo que tuvo que enviarla con unos parientes que aún estaban en Rusia para tratar su enfermedad. Aseguraba que el aire de allá era muy puro y que, seguramente, con una educación comunista, aprendería a ser una gran mujer. Desde entonces, nuestras madres organizaron sus salidas todos los miércoles. Yo me quedaba encargado con mi padre, que para ese entonces tenía su taller en casa porque las rentas se habían disparado.

Después vino el terrible temblor de septiembre de ese año y el departamento gratuito de la colonia San Rafael se cayó. Mi mamá le dijo a Moira que la casa de enfrente estaba en venta y ese mismo día, don Nico y Moira se mudaron enfrente de nosotros. Tuvimos mucha suerte porque nuestra colonia fue poco afectada y el local donde estaba el taller de mi padre también quedó hundido en los escombros. Mi madre quedó desempleada y el terremoto no dejó lugares donde mi padre pudiera rotular. Don Nicolás les consiguió trabajo a ambos, y el empleo de mi madre tenía una cláusula especial en su contrato que le permitía no trabajar los miércoles para que estuviera todo el día con Moira en su casa. En esos días, yo no tenía clases (la escuela quedó hecha pedazos), tenía seis años y, debido a las ocupaciones de mis padres, tenía que estar todo el tiempo en casa de un tío que me trató como uno más de la familia. Alma no podía recibir noticias de sus padres en Rusia; las líneas estaban bloqueadas. Mi madre recordó con ternura cómo Moira le mostraba las postales que Alma le mandaba con dibujitos diciéndole a su madre cuánto la extrañaba.

Pasaron algunos años más y Alma vino a México igual de enferma que cuando se fue. En ese entonces, yo estaba en la secundaria y me la pasaba de vago todo el día con mis amigos, en fiestas, dándole la bienvenida a la adolescencia (son las palabras de mi madre, no las mías). Alma visitó mi casa y conoció a mi hermana, que tenía la misma edad que Alma cuando ella se fue. Mi padre había adquirido un nuevo taller y mi madre ya no tenía necesidad de trabajar; ahora tenía que dedicarle todo su tiempo a sus dos hijos. En cuanto a lo que le pasó a Alma, Moira nunca más quiso tener hijos, a pesar de la insistencia de don Nico, quien pedía a gritos un hijo varón. Entró Salinas al poder y el compadrazgo permitió que don Nico siguiera siendo influyente, aún sin tiempo para atender a su esposa e hija. Alma regresó a Rusia; se había encariñado bastante con el país, su vida estaba allá. Dice mi madre que Alma nunca ha tenido novio; sus parientes en Rusia se lo tenían prohibido (tal vez por eso no le interesé).

Y llegamos al fin, hasta hace dos semanas, cuando vi a Alma por primera vez. Alma regresó definitivamente a México. Moira estaba muy contenta porque, al fin, la familia estaría reunida y, misteriosamente, se murió. Había dado un gran paso en conocer a Alma, pero aún quedaba mucho por saber.

Eran ya las cuatro de la mañana y mi padre no aparecía. Mi madre estaba exhausta, no pudo más y se quedó dormida en el sillón. Yo no tenía nada de sueño; meditaba sobre todo lo que me había perdido por estar metido en mi mundo. Otra cosa hubiera sido si le hubiera dedicado más tiempo a mis padres; también si ellos me lo hubieran dedicado a mí. Pero, en fin, aún no sabía por qué no había nadie más en el velorio, qué iba a hacer de ahora en adelante. Alma me cree un cabrón, mi hermana me cree un héroe, mi madre me ama, pero debe sentirse utilizada. Mañana es el funeral y no sé si puedo ir. ¿Dónde chingados está mi papá? Me imaginé a Alma y a don Nicolás solos en ese espacio solitario donde velan a Moira. ¿Qué estarán pensando? ¿De qué se habrá muerto la mamá de Alma?

El ruido del auto interrumpió mis pensamientos. Al fin había llegado mi padre. Apagué la luz para que no viera que estábamos en la sala; la casa se quedó a oscuras. Mi madre dormía profundamente. Se escuchó el ruido de las llaves, se abrió la puerta, escuché algunos pasos y la puerta se cerró silenciosamente. Mi padre se quitó los zapatos para no hacer ruido, un recurso bastante viejo y trillado. Esperé a que subiera la escalera para ir a su encuentro. Entró a su recámara, subí por un cobertor para mi madre y, en el camino, me encontré a mi padre que se dirigía al baño. Se espantó; pude oler claramente su hedor a alcohol.

—¿Quién anda ahí? —preguntó.

—Soy yo, papá; baja la voz, que son las cuatro de la mañana.

—Ya sé a qué hora es, no necesitas reprochármelo. ¿Dónde está tu madre?

—Dormida en la sala. Te estaba esperando, pero ya no pudo más.

—Qué bueno, para que me espere.

—¿Papá, te sientes bien?

—¿Qué no ves que estoy borracho? ¡Me siento de poca madre!

Lo empujé para que entrara a la recámara. Perdió el equilibrio, pero cayó en la cama. Comenzó a reírse. Cerré la puerta y prendí la luz. Esperaba encontrarme a un hombre muy bien arreglado, lleno de besos pintados en el cuello de la camisa, pero, en cambio, mi padre estaba muy normal, con su ropa de diario, mal arreglado, pero tranquilo. Borracho, pero no podía encontrarle culpa por ningún lado.

—¿Qué quieres, Alberto? ¡Déjame dormir! Estoy muy cansado y mañana tengo mucho trabajo otra vez. ¿Te importaría si me duermo? Luego platicamos de lo que tú quieras. Si me quieres pedir dinero, mañana te lo doy. Lo único que quiero es descansar y olvidarme de este día que ha sido de la chingada. Buenas noches.

Qué alineamiento habrán tenido las estrellas ese día que provocaron que esta familia haya tenido un día para recordar. No podía hacer más; mi mente ya no me respondía. Solo me quedaba dormir, descansar, consultar con la almohada el camino que habría de seguir al siguiente día.

IX

El auto olía muy mal. No podía echarle la culpa a Alma; su mirada estaba perdida en las líneas trazadas en la carretera. Quise olvidar el asunto, pero tuve que quedarme con el hambre. El único consuelo que tenía era que ya faltaba muy poco para llegar. Mis manos estaban pegadas al volante, el acelerador comenzaba a cansarse; solo pensaba en echarme en una cama de hotel, prender el aire acondicionado y descansar. Pero antes, habría que comprarle ropa a Alma. Sin duda, a veces me costaba trabajo entenderla. Me daba miedo pensar que algún día esa hermosa muñeca de cristal se rompería al más mínimo soplido.

La última caseta comenzaba el principio de mi placer y el inicio de mi mayor pesar. Teníamos dos días para aclarar de una vez por todas las dudas y las malas noticias. Tal vez después de esto la vida entre Alma y yo sería mejor. Tal vez podríamos casarnos. Yo quiero estar con ella, quiero que ella esté bien. Todo esto lo estoy haciendo por Alma... y por mí. Ya podíamos ver el mar. Llegamos a la Avenida Principal. Acapulco de noche es hermoso. Alma me apretó fuertemente la mano; sabía qué hacer. Me paré en el primer restaurante que vi y, en la tienda de recuerdos, compré un par de trajes de baño, una playera talla grande y unas sandalias del número cuatro. Seguíamos por la avenida mientras Alma se cambiaba de ropa dentro del coche. Estuve a punto de chocar por voltear a mirarla.

Ya con ropa de ocasión, Alma se transformó una vez más; una sonrisa se dibujó en su rostro. Me pidió algo de cenar, así que entramos a un restaurante que abre las veinticuatro horas. Pedí sopa especial, enchiladas mexicanas, helado de vainilla y té. No sabía qué pensar; me gustaría que Alma se olvidara por un momento de sus problemas. De hecho, me gustaría que se olvidara una eternidad de ellos y disfrutara de las maravillas paradisíacas que el puerto acapulqueño ofrece. Creo que lo haría. Me preguntó a qué hotel iríamos; le mencioné su favorito y, una vez más, se puso contenta. También le anuncié que al día siguiente iríamos a buscar a Aída; por hoy quería que disfrutara del momento y se olvidara de todo. Aceptó. Hicimos un pacto de no mencionar nada, solo vivir. Le pregunté por su estado de salud y me dijo que se encontraba bien.

Después de fumar un par de cigarros, cumplí con mi parte del pacto borrando de mi mente a mis padres, a su padre, a todo. No quise ir al baño por temor a que ocurriera lo mismo que pasó hace unas horas y mejor me aguanté hasta que estuviéramos perfectamente acomodados en el hotel.

Encontramos habitación en el hotel que queríamos; no era temporada vacacional, por lo que Acapulco estaba prácticamente vacío. Eso significaba más y mejores servicios. Nos dieron una habitación en el último piso, junto a las escaleras de emergencia y la máquina de hielos. Alma se encontraba tranquila.

Estaba a punto de amanecer. Yo estaba muy cansado por manejar, pero no me podía perder la salida del sol desde el balcón de la habitación. Alma se metió a bañar para quitarse todo el lodo que le quedaba. Me dieron ganas de bañarme con ella, pero nunca recibí la invitación. En cambio, abrí la puerta del pequeño refrigerador, que estaba lleno de cervezas, refrescos, cigarros, dulces y chocolates listos para ser comprados y cargados a la cuenta. Tomé una cerveza de lata y encendí la televisión. En un noticiero local anunciaban el descubrimiento de dos cuerpos en el mar: una pareja que se encontró desnuda cerca de la casa de Aída. Sus cuerpos presentaban algunas cortadas y lo más tenebroso era que se encontraron sin corazón. La policía cree que este crimen fue realizado por una secta satánica que opera en Guerrero, que asalta, viola y les arranca algún órgano a sus víctimas para después traficar con ellos. Escupí mi cerveza, apagué el aparato y fui a tocar la puerta del baño a Alma para ver cómo se encontraba. Me contestó con ternura que estaba bien; que si yo quería podía entrar a cerciorarme. Esa era la clase de invitación que estaba esperando. Entré al baño y nuestros cuerpos y espíritus se limpiaron al unísono con las gotas calientes y las burbujas de jabón que compartían nuestro placer.

El cuerpo desnudo de Alma sobre la cama me recordó al ángel que está pintado justo en la entrada de la iglesia de Tlaxcala; se veía pura, relajada. Le fascinaba Acapulco tanto como a mí. Se cubrió con una toalla, tomó un pastelito del refrigerador y salimos tomados de la mano a ver el amanecer. El sol salía justo desde el centro del mar, con un rojo incandescente esplendoroso. El sonido de las olas chocando con la arena y el viento ligero sobre nuestros rostros complementaban el cuadro. Lloré; me dio mucho sentimiento la hermosura del paisaje, la belleza de Alma en ese paisaje. La inmensidad del mar te pone sentimental. Alma se dio cuenta de que las lágrimas me escurrían por las mejillas, se levantó de la silla playera que la albergaba y se sentó sobre mí; con su dedo anular me limpiaba las lágrimas. Yo seguía mirando el paisaje. Se recargó en mi pecho en posición fetal; su cuerpo encima del mío me provocaba calor. Las lágrimas seguían saliendo. Sus manos se engancharon en mis hombros. Toqué su estómago con una mano; de ninguna manera podía haberlo sentido, pero mi estado emocional me hizo sentir como si nuestro hijo se estaba formando dentro de su vientre. Fue una sensación muy extraña; en ese instante supe que sería una niña, que se llamaría Moira.

—Tengo miedo.

—Yo también.

—¿Qué va a ser de nuestras vidas? No tengo ni la más mínima idea de cómo ser madre.

—Creo que nadie lo sabe. Se aprende sobre la marcha.

—¿Qué les vamos a decir a nuestros padres?

—Me preocupa tu papá. Siempre ha sido tan enérgico; tal vez me mande matar.

—No bromees. Hablo en serio, tengo muchas dudas. Seguro que va a querer casarme contigo o mandarme de regreso a Rusia.

—¿Y no quieres casarte conmigo?

—¡No! No... no de esta forma. Si me caso contigo es porque estoy lista para hacer una vida junto a ti. Si vamos a tener un hijo, es porque ambos lo planeamos y ya hemos vivido como casados mucho tiempo. No quiero cometer los mismos errores de mi madre.

—¿Me estás diciendo que quieres abortar?

—¡Claro que no! Pero yo no quería tener un hijo ahora; no quiero casarme contigo ahora. Primero tengo que hacer mi vida, conocer el mundo por mí misma. Todos los años que viví en Rusia no me sirvieron de nada; vivía reprimida, sin nadie que me dijera cómo hacer las cosas. Aprendí bastante en la escuela de arte, pero no es suficiente. ¿Sabes por qué nunca pude ser una gran actriz? Porque me faltaban vivencias. ¿Cómo explicar en un escenario lo que es el amor o la pasión si antes de conocerte no sabía lo que era eso? Mi juventud no fue como la tuya; tú hiciste todo el desmadre que quisiste, yo no pude. No he vivido, Alberto, no puedo cortarme las alas tan pronto. No es por ti, sabes cuánto te amo, cuánto te deseo, cuánto placer me provocas cuando me haces el amor. Pero aún no es tiempo; el destino ya decidió y me está aplastando.

—Estoy de acuerdo; yo estoy listo para todo, menos para la responsabilidad de mantener una familia. Seguro que no comemos con mi profesión de escritor; no me he consolidado. Necesito más tiempo para que las editoriales se fijen en mí. Y yo tampoco quiero hacer lo que hicieron mis padres, que tuvieron que trabajar en lo que fuera para vivir. El amor era más importante para ellos. No me imagino en un despacho, vendiendo libros o reparando coches; no es lo que quiero para mi vida, ni para nuestra vida. Uno tiene que ser feliz para poder darle a los demás felicidad. Me encantaría que tuviéramos a nuestro hijo, pero tampoco creo que sea el momento.

—Me encanta que me entiendas; te amo, pero no sé qué vamos a hacer.

—Quisiera poder saberlo yo también y pedirte que no te preocupes.

—Estamos en un hoyo, Alberto. Es obvio que me preocupe.

—Bueno, pero ya tendremos tiempo de pensar en eso cuando regresemos. Ahora solo disfruta del viaje y del paisaje. Aprovecha este momento para disfrutar de la vida.

—Me sorprendes, Alberto; te la pasas soñando con las alas del elefante.

—No te entiendo, muchas veces me dices eso y no sé qué significa.

—Algún día te contaré.

El sol terminó de salir. En ese balcón del quinceavo piso, dos seres con más preguntas que respuestas, con más problemas que placeres, con más amor que coraje y con más miedo que valor se entrelazaron hasta convertirse en uno solo. El tiempo se detuvo y los amantes se quedaron dormidos por algunas horas mientras el mundo giraba alrededor de sus hermosos cuerpos.

X

Me despertaron los gritos de mi papá; le reclamaba a mi madre que se había dormido en el sillón por estar esperándolo. Reproches y escándalos; parecía un señor reprimiendo a su hija por sus malas calificaciones. Mi madre, como buena mexicana, se dedicaba a aceptar su culpabilidad y dejarse reprimir por un crimen que no cometió. Me pareció muy injusto; quise defenderla, pero mi hermana me detuvo. Me llevó a su cuarto y me pidió un remedio para quitarle los tremendos chupetones que la sanguijuela llamada Ismael le había propinado. Le presté una de mis cabezas de cuello de tortuga para remediar temporalmente la situación. Se iba a morir de calor, pero de alguna forma tenía que pagar su falta. De nuevo me prometió que hablaríamos cuando regresara de la escuela y bajó corriendo las escaleras. Al ver a mi hermana, mi padre se calmó por un momento y fingió que no estaba pasando nada. Laura lo miró muy mal, se despidió de mamá y se fue a la escuela. Me llamó la atención el ruido de un coche que se arrancó poco tiempo después de que mi hermana salió. ¿Habrá venido Ismael por ella? Eran las siete de la mañana; nadie había dormido bien. Mi padre, creyendo que yo aún dormía, continuó su reprimenda, a lo que mi madre respondía con un silencio culpable.

Me cansé de la cruel escena y bajé en defensa de mi madre. Mi padre me miró y parece que recordó que hacía unas pocas horas lo había visto llegar borracho a la casa, cosa que raras veces pasaba. Supo que tenía que contenerse y simplemente se sentó, muy callado, a tomar una taza del café que Laura había preparado la noche anterior.

Mi madre me miró agradecida, me sirvió un vaso de jugo y se sentó en la mesa de la cocina a desayunar con nosotros. Aproveché el momento para decirle lo de la señora Moira y explicarle que tenía que llegar temprano por la tarde para cuidar a Laura, porque mi madre y yo acudiríamos al entierro de la señora. Reclamó que Laura ya estaba bastante grandecita para cuidarse sola, que no podía, que tenía mucho trabajo, pero bastó comentarle lo del muchacho que la rondaba y de inmediato aceptó. Para hacerlo sentir culpable, le mentí, diciéndole que mi madre se tuvo que quedar a cuidar a Laura y que no pudo asistir al velorio de su gran amiga. Mi padre será lo que sea, pero agradecido sí es, por lo que la culpabilidad se reflejó en su rostro al recordar que Moira y don Nico alguna vez lo ayudaron cuando necesitaba dinero.

Estaba todo arreglado para asistir al entierro; solo faltaba saber si era conveniente ir o no. Después de que mi padre se fue, le pedí a mi madre su opinión. Me dijo que aprovechara la mañana para ir a la funeraria a pedir disculpas a Alma y a don Nico, que tratara de empezar de nuevo.

No estaba muy convencido de que fuera lo mejor, pero ya iba en camino. De paso, compré un ramo de rosas y una corona de flores. Llegué al lugar y ya no era lo que había sido la noche anterior. Todo se veía limpio; donde hubo prostitutas, ahora había niños jugando en columpios y resbaladillas. Los policías seguían ahí, pero ahora controlaban el tránsito; los hombres compradores de amor habían sido sustituidos por mujeres compradoras de mandado.

Desde lejos podía ver a don Nicolás recargado en la ventana, dormido sobre la palma de su mano. Menos mal que aún estaban ahí; por un momento pensé que ya se habían ido. Subí tranquilamente hasta llegar a la capilla; don Nico no se despertó. Alma estaba en el otro lado del cuarto, sentada en el piso con las rodillas dobladas, su largo cabello cubría su rostro en su totalidad. No sabía si estaba despierta, así que me acerqué al ataúd y puse la corona encima de la caja.

Me acerqué lentamente a donde Alma reposaba; me había puesto unos tenis de suela delgada para no hacer ruido al caminar. Creo que no me escuchó. Me senté frente a ella; el celofán que envolvía las rosas hizo un ligero sonido. Alma no reaccionó. Quería quitarle el cabello de la cara, tomarla del hombro, tomarle su pierna, pero no lo hice. Me invadió un raro sentimiento y me dieron ganas de irme.

Cuando me levanté, escuché la voz de Alma que me decía: "No tenías por qué traerle flores a mi madre."

Se apartó el cabello de la cara y pude ver las grandes ojeras de insomnio, el maquillaje corrido por sus mejillas por el llanto y la palidez de su rostro, afectada por la falta de alimento. Su mirada estaba perdida. Me senté junto a ella y le ofrecí las rosas. Pensé que me las aventaría en la cara; en cambio, las olió, las miró, sonrió y me dijo que eran muy lindas. Me dio las gracias y, con un gesto casi instintivo, me besó en la mejilla.

—Las rosas son para ti; a tu mamá le traje una corona.
—Eres muy amable, pero no me gustaría que hicieras esto por obligación, por educación.
—Ahora sí lo hago porque quiero. Anoche, después de que nos fuimos, mi madre me habló de la señora Moira.
—¿Te platicó que se conocen desde hace más de veinte años?
—Sí, también me platicó mucho de ti.

Alma se sobresaltó; se sintió invadida en su intimidad. El señor Nicolás se despertó y me miró como tratando de reconocerme. Al verme junto a Alma, observó las rosas, la corona y sonrió ligeramente.

—Albertito, me da mucho gusto que estés aquí.
—Gracias, señor. Quisiera pedirle una disculpa por lo que pasó ayer; además de que fue un malentendido, fue muy grosero de mi parte.
—No te preocupes, hijo; yo también me sentía muy mal. También te pido disculpas.
—¿Quieren que les traiga algo de comer?
—Estaría bastante bien. ¿Tú quieres algo, Almita?
—Sí, papá, me muero de hambre.
—Alberto, toma dinero. Quisiera que me trajeras algo de fruta con crema. Que te acompañe Alma y que escoja algo nutritivo y rico para comer.
—Claro que sí, señor. Enseguida vuelvo.

Alma iba a quedarse, pero don Nicolás le hizo unas señas con los brazos para que me acompañara. La verdad, hubiera preferido que se quedara; tenía miedo de cometer una estupidez o decir algo inapropiado. Además, el señor nos estaría observando por la ventana, lo que aumentaba mi nerviosismo.

Fue muy curioso que, al llegar al mercado sobre ruedas, Alma me tomó de la mano y se comportó como una niña. Estaba maravillada ante todas las cosas que podías comprar. Se detuvo en un puesto de collares y gorras hechos por los artesanos de Coyoacán (o al menos eso decían las etiquetas), compró algunos collares y pulseras, y corrió al puesto de los tacos.

—¿Me creerías si te dijera que nunca he probado uno de esos?
—Oye, ¿cómo es posible? Me imagino que en Rusia no había de estos, pero, ¿nunca los probaste cuando eras niña?
—¿Cómo sabes que estuve en Rusia?
—Mi mamá me contó.
—¿Y qué más te contó tu mamá?

Hice como si no escuchara y pedí dos tacos en platos separados. El taquero les echó papas a la francesa y cebolla; yo los complementé con un poco de guacamole, sal y limón. Le di a Alma el suyo y yo degusté el mío.

—Está muy picoso.
—No estás acostumbrada al chile. ¿Qué tal sabe?
—Delicioso, gracias.

Al terminar el bocadillo, Alma me volvió a tomar de la mano. Compramos la fruta para su padre y un vaso con agua de jamaica para atenuar lo picoso. Llegamos a un puesto de lácteos que estaba justo frente a un teatro. Alma se quedó contemplando la entrada y mencionó las tres preguntas básicas del método de Stanislavsky: ¿Quién soy? ¿A dónde voy? ¿De dónde vengo? Entendí que Alma había estudiado actuación en Rusia. Se lo pregunté, y entusiasmada me contestó moviendo la cabeza asertivamente. Tal vez había encontrado la causa de los bailes por la noche, el motivo de su necesidad de tener un espectador. Nos acercamos a la taquilla, pero desgraciadamente no había una obra en esta temporada. Alma dijo unas palabras en ruso que no entendí. La miré, y ella se volteó diciéndome:

—Es el equivalente a "chingada madre" en Rusia.

Por un momento olvidé la triste causa que nos había unido. Era hora de volver a la solemnidad; con sus collares en una bolsita, Alma me soltó de la mano. Cuando entramos al edificio fúnebre, me volvió a besar en la mejilla, me dio las gracias y volvimos a la tristeza.

Al entrar, don Nicolás hablaba con alguien por teléfono celular. Le explicaba que no podría ir porque el entierro de su esposa era dentro de un par de horas. Esperó unos minutos antes de enfurecerse y soltar algunas maldiciones en voz alta. Finalmente, cerró los ojos y dijo que estaría allí lo más pronto posible. Al colgar, nos volvió a sonreír, se disculpó por su lenguaje, Alma le entregó la bolsa de fruta y yo le di su cambio. Abrazó a su hija y me dio una palmadita en la espalda. Por un momento, me sentí a gusto en ese lugar, imposible preguntar la causa de muerte de la señora Moira.

Mi madre llegó al poco rato, de nuevo con su disfraz negro, que exacerbaba su luto. Le pregunté por Laura y me comentó que mi padre había llegado temprano. Una vez más, me agradeció que hubiera calmado las ansias locas de mi papá. Partimos el cotejo detrás de la gran carroza negra, un lujoso auto casi nuevo, entre los pocos que asistirían al entierro de Moira Slakov Papadimitrou de González. En el panteón, el cura apareció de entre sombras para recitar el discurso básico de los entierros. El sentimiento se apoderó nuevamente de los presentes: el último adiós, la última vez que verían el rostro de Moira. Alma se abrazaba de su padre y mi madre se apoyaba en mí. Antes de que Moira fuera sepultada, simbólicamente le di las gracias por haber logrado que me reuniera con Alma.

Don Nicolás nos dejó cerca de la casa, se disculpó por tener un compromiso muy importante y le pidió a mi madre que cuidara de Alma mientras él regresaba. Entiendo que Alma ahora estaría más sola que nunca; las múltiples ocupaciones de Nicolás impedirían que Alma tuviera mucha convivencia familiar. Eso me convenía, mi madre no dejaría sola a Alma y estaría en mi casa la mayor parte del tiempo. No quiso entrar a nuestra casa, prefirió invitarnos a un delicioso té que se trajo de Rusia. Gustosamente aceptamos la invitación. Antes de entrar en la casa de Alma, me di cuenta de que el coche de Ismael estaba estacionado justo enfrente de nuestro hogar y el carro de mi padre no se veía por ningún lado.

Fue una experiencia mística conocer la casa de Alma. Mi madre no demostró extrañeza por el frío que sentimos al entrar; me imagino que era normal, ella había estado en ese lugar muchas veces. Para mí era la primera vez y un toque de misterio y aventura golpeaba mi corazón.

Me llamó la atención una decoración hindú que privilegiaba espectacularmente a los elefantes. Al parecer, Moira era devota de los paquidermos; los había en todos los tamaños, texturas y formas, algunos con forma humana y otros humanos con cuerpo de elefante. Desde pequeños elefantitos de mármol (irónico) que medían menos de un centímetro, hasta otros bastante grandes, adornados con perlas y acabados en oro. Alma, al ver mi asombro, me explicó que cuando Moira era muy pequeña, sus padres la llevaron a conocer África. Allí tuvo contacto con estos trompudos seres que la dejaron marcada, en especial el trato que tienen las elefantes hembras con sus crías: primero las abrazan y protegen, pero cuando un pequeño transgrede las órdenes de la madre, esta las castiga con severos topetones que las hacen someterse. Alma dice que su abuela así fue con Moira, algo bastante inusual para una familia de rusos.

El té estaba delicioso. Mi mamá preparó unos huevos para que Alma comiera; a ella siempre le gustaba estar en la cocina. Alguna vez me dijo que su mayor sueño era abrir un restaurante. La casa estaba un poco sucia; mi madre mencionó que le pediría a nuestra sirvienta que viniera a hacer la limpieza aquí también. Para sentirse aún más útil, mamá se puso a limpiar toda la casa. Alma intentó decirle que se detuviera, que no era su deber hacer eso, pero mi madre sugirió que nos hiciéramos a un lado para que ella pudiera hacer su trabajo.

Alma estaba muy agradecida; creo que vi algunas lágrimas en sus ojos. Me invitó a conocer la planta alta de su casa y, por supuesto, acepté. Su afición por los elefantes estaba en su apogeo: en la recámara de Moira y Don Nicolás había más figuritas sobre un tocador grande de madera, con un gran espejo, como los que usa cierto director en sus películas. Algunas espadas y medallas colgaban de la pared: "Medalla al mérito", "Condecoración al valor", "Los Estados Unidos Mexicanos se enorgullecen en entregar este reconocimiento a una de las personas que más ha defendido nuestra patria, Nicolás González Domínguez, miembro del heroico cuerpo militar mexicano". Entre tantas medallas y reconocimientos, había un afiche de un elefante africano de grandes colmillos con algunas gaviotas acicalándolo. "Ese era el favorito de mamá. Si pones atención, parece que el elefante se está burlando del fotógrafo", dijo Alma. Increíble, pero cierto. El baño tenía cortinas de elefantes, mosaicos con siluetas paquidérmicas, y hasta el despachador de papel higiénico tenía la figura de un elefante extendiendo los brazos.

Había también una extraña habitación que Alma no me mostró. Cuando le pregunté sobre el cuarto, solo me dijo que era el estudio de su madre.

Lo mejor llegó cuando entramos a su recámara. La decoración en tonos grises adornaba el lugar; el cuarto era más sobrio. Una gran televisión, una videocasetera, una alfombra gris, y una gran cama tendida con una colchoneta gris también, que semejaba la piel de un elefante. Solo dos cosas adornaban la pared: un cartel de la película "Dumbo" y otro afiche similar al de la otra habitación, solo que en este, dos elefantes entrelazaban sus trompas: "Es su juego del amor. Antes de aparearse, el macho y la hembra entrelazan sus trompas o se acarician mutuamente con ellas la cabeza o la espalda". "Sabes mucho de los elefantes", comenté. "Solo lo necesario, porque me encantan. ¿Me esperas un momento? Voy al baño", respondió Alma. Se metió en una puerta que estaba junto a un gran ropero. Imaginé que allá dentro tendría la caja con la brillantina y todo lo que utiliza para bailar. La curiosidad me venció, y atrevidamente me acerqué sigilosamente y abrí la puerta del ropero. No me equivocado: además de la brillantina, el ropero estaba repleto de vestuarios, libros escritos en ruso (que supongo eran de teatro), y una misteriosa escalera que llegaba hasta la azotea. Al escuchar el ruido del retrete, me escondí dentro del ropero y, con algo de esfuerzo, pude cerrar la puerta. Alma salió del baño y no me encontró, incluso salió a buscarme al baño. Regresó a los pocos segundos y abrió la puerta del ropero. Yo la esperaba sentado en uno de los escalones del misterio. Al verme, supo que yo buscaba respuestas sobre su baile: "¡Sal de ahí!" "De manera que cuando sales a bailar por la noche, lo haces desde aquí." "¿Y?" "Quiero que me digas por qué te sales a bailar en las noches." "¡Qué te importa, pendejo!" "Me importa porque yo soy tu espectador, y tú lo sabes." "Cuando ves a un mago hacer un gran truco, no le preguntas cómo lo hizo, ¿verdad? Cuando alguien hace algo que te conviene, no le preguntas por qué lo hizo. ¿O sí? Nunca me preguntaste por qué te agarré la mano en el mercado; seguramente porque no era por lo que tú creías." "No te pongas así, es solo por curiosidad." "Ya te dije que soy actriz, nada más por eso." "Pero, ¿por qué no bailas dentro de tu casa?" "¡Ya deja de preguntar! ¡No es por ti! Si eso es lo que querías saber, tengo mis razones que a ti no te importan nada, y de paso, te digo que te agarré la mano en el mercado no por ti, sino porque estaba triste.

¿Contento? Supongo que se te cae la baba por mí desde que me viste en el parque, y te lo agradezco, pero no me gustas, no me importas ni quiero saber nada de tu vida. Quiero mucho a tu mamá, pero nada más. Si quieres estar conmigo, está bien, no me puedo negar, pero sin preguntas idiotas y sin que te inventes tus chaquetas y creas que puedes acercarte a mí de otra manera, ¿quedó claro?" "Al buen entendedor, pocas palabras." Sobra decir que mi corazón se quebró en mil pedazos.

Cada vez que trataba de acercarme más, recibía dolorosas reacciones de parte de Alma. Por lo menos sabía que recordaba la primera vez que la vi en el parque, pero todo lo demás había quedado muy claro: se notaba a leguas que la quería, y yo notaba que a ella no le importaba para nada. Claro, ¿cómo le voy a importar si su madre acaba de morir? Si mi mamá muriera (toco madera), lo último que querría sería ser acosado por alguien que acabo de conocer y que pone cara de tonto cada vez que me ve. Tenía que conformarme con estar con ella, apoyarla y darle mi respaldo, nada más.

Salimos de la recámara y bajamos las escaleras. Mi madre se había ido sin avisar. Eso sí, la casa quedó muy limpia, pero no había rastro de ella. Alma se desconcertó, sacó su inhalador y lo usó varias veces. Me preparé para irme y ella lo notó. Antes de irme, le pregunté si prefería que me fuera. No sé si fue porque no quería quedarse sola, pero me pidió que me quedara.

Se recostó en un sillón doble de piel que estaba junto al elefante más grande. Yo me senté en otro sillón que me hacía sentir pequeño por su gran tamaño. Estuvimos en silencio unos minutos hasta que Alma tomó la iniciativa y se levantó para ir a la cocina. Desde allí me preguntó si me gustaba la cerveza. Le contesté que sí y, al poco tiempo, apareció con una gran lata de cerveza rusa para mí, mientras ella tenía una Sol de un litro.

—Espero que te guste. En Rusia, la cerveza es muy ligera; a los rusos les gusta emborracharse con otras cosas.

—¿A ti te gusta la cerveza mexicana?

—Por supuesto, es la mejor del mundo.

—Sé que no puedo hacerte preguntas, así que tú tendrás el poder de la conversación.

—¿Siempre eres así de irónico?

—Solo cuando estoy ofendido.

—Bueno, Don Ironías... ¿Qué tanto sabe usted sobre mí?

—No mucho. Sé que te fuiste de aquí a los seis años por tu asma, que llevas dos semanas desde que regresaste, que fuimos juntos a la guardería y que siempre me hacías llorar...

—Casi nada ha cambiado, ¿verdad?

—Creo que no... Sé a qué se dedica tu papá, sé que bailas hermosamente en la azotea...

—Hey, hey, hey...

—Perdón, si no te decía eso, me moría.

ALBERTO

Pinches rusos, deben saber beber porque esta cerveza se me ha subido como un mono a un árbol. ¡Caray, me duele la cabeza! Pero estoy seguro de que no estoy borracho. A mí me emborrachan los poemas del gran Pessoa, no estas cosas rusas con algunos grados de alcohol. ¿De qué se ríe Alma? ¿Se estará riendo de mí? Aunque ella también ya está algo bebida, no aguanta nada. La verdad es que es muy bonita. No es que tenga un cuerpo espectacular —esa es la mujer de las tortillas— pero lo que importa es lo que llevas en el corazón, ¿no es así, Alma? ¿Qué? ¿Que ya estás muy bebida? Yo también, así que no te preocupes.

¿Qué estoy haciendo en la recámara de Alma si hace un rato estábamos en la sala? ¡Mira, ahí está el cartel de Dumbo! Recuerdo que en esa película hay elefantitos de colores bien tenebrosos cuando Dumbo se emborracha. ¡Sí, ahí están! Con sus grandes trompas. Alma, la verdad es que me gustas mucho. ¿Dices que no debería decir eso porque ni te conozco bien? No necesitas conocer a alguien para enamorarte. ¿Nunca te has enamorado? Déjame contarte cómo es eso, Alma. Cuando estás enamorado, sientes un cosquilleo en el estómago cuando ves a esa persona especial. No sé por qué, pero se siente mal en la panza, justo como siento yo cuando te veo, Alma. Mira, toca mi corazoncito para que veas. ¿Quieres que toque el tuyo? No, Alma, no te preocupes, yo soy un caballero y te respeto.

¿Qué dices, que si no te toco me golpearás? Bueno, si te lo tomas a bien... Ay, Alma, tu corazón late muy rápido, ¿qué te pasa? Mira, ahí va un elefante azul con alas, ¡adiós paquidermo! Oye, tu colcha parece la piel de un elefante. ¿Quieres que me acueste? Bueno, pero solo porque tú lo pides. Está bien cómoda. No, espera, no te acuestes tan cerca de mí. ¿No ves que estoy borracho? No respondo por mis acciones. ¿Tú tampoco? No te hagas, me tomas el pelo. Hace un rato me dijiste que no querías nada conmigo. ¿Qué eres una mentirosa? Puede ser, pero no me gusta oír eso. No, Alma, no te desabroches la blusa, me vas a enloquecer, me dan ganas de besarte. ¿Nunca has besado a nadie? No mientas, si en Rusia cuando se saludan se dan hasta dos besos. ¿En los labios? Bueno, ya eres adulta, ya deberías haber besado a alguien. ¿Me quieres besar? Bueno, pero luego no digas que te obligué...

Alma, tienes unos labios muy agradables, de verdad. Si me dieras una oportunidad, verías que soy una buena persona. Perdón, Alma, jamás pensé que esto pasaría, es que estoy realmente emocionado. ¿Tú también? No, lo que pasa es que estamos pedos. Seguro mañana no nos acordaremos de lo que pasó. ¿Es la primera vez que te emborrachas? No lo creo. No, espera, ¿qué estás haciendo? Déjame, ¿no ves que me gusta?

XI

Despertamos como a las diez de la mañana. Alma quería ir al mar. Tomamos el elevador y rentamos unas toallas y una sombrilla. De inmediato nos encontrábamos rodeados de vendedores de todo tipo: collares, pescados, chicharrones, binoculares, lentes de sol, trenzas; hasta droga nos ofrecieron porque nos vieron fumando. Lo mejor que pude comprar fue un par de cervezas bien frías que nos trajo el mesero del bar del hotel.

Acabábamos de llegar y ya había gastado gran cantidad del dinero de reserva de mis tarjetas. Pensé que tal vez Aída me podría prestar dinero cuando la fuéramos a ver. Alma me pidió que nos metiéramos en el mar. Yo estaba muerto de miedo, nunca pude aprender a nadar y mis padres siempre me contaron historias de personas que se las lleva la marea porque precisamente no sabían nadar. Alma me tomó de la mano y me pidió que confiara en ella; no muy gustoso, acepté.

Las olas se movían con fuerza. El agua cubrió la mitad de mi cuerpo. Con el vaivén de las olas, sentí cómo la arena se me metía en el traje de baño. El agua llevaba y traía restos de peces muertos, basura, cristales; el mar estaba bastante sucio. Eso no impidió que Alma me llevara aún más profundo. Mis pies aún pisaban la arena, solo me quedaba la cabeza afuera. Hasta ese momento comprendí que no tenía nada que temer; Alma no me pondría en peligro. Agarré más confianza y el mar me permitió que cargara a Alma. Éramos una pareja feliz. El mar fue generoso con nosotros y nos regaló marea ligera, viento suave; el agua salada dejó de incomodarme. Besé a Alma. Era uno de los momentos más agradables de los últimos días. La emoción me llevó a pedirle matrimonio. De inmediato me soltó y estuvo a punto de salirse del mar si no la detengo fuertemente del brazo. Me miró y cariñosamente me ofreció un trato:

—Vamos a dejar que el mar sea nuestro testigo y casémonos en este momento, aquí, ahora, simbólicamente.
—Está bien. ¿Quieres ser mi esposa marina?
—Sí, don ironías, quiero ser tu esposa marina.
—El mar es ahora testigo de que tú y yo estamos casados, hasta que la muerte nos separe.
—Hasta que la muerte nos separe.

Salimos del mar y nos fuimos a acostar a la arena, justo antes de que uno de los vendedores de collares nos las robara. Casi nos pide perdón de rodillas y se perdió en el horizonte. Alma respiraba con rapidez, inhaló varias veces. Le ofrecí a mi esposa marina un sensacional viaje en paracaídas.

Cincuenta pesos bien aprovechados. Por primera vez, Alma estuvo donde se merece: en el cielo, como el ángel que es. A pesar de la gran distancia entre los dos, le hacía señas, le sacaba la lengua. El encargado me veía muy extrañado y por mi actitud asumió que yo era chilango. Algunos minutos después, mi ángel bajó del cielo con cara de susto, respirando fuertemente y haciendo sonidos que imitaban perfectamente el barritar de un elefante. Tomé a Alma como pude, corrimos por la orilla del mar hasta la farmacia más cercana. Me culpé por algunos minutos por mi estupidez, pero más importante era encontrar un nuevo inhalador para Alma.

Fue terrible. Apenas pudimos encontrar un consultorio a tiempo. El doctor nos dio una reprimenda bárbara. Alma me pidió un momento a solas, y el doctor aprovechó la situación para llevarme afuera y decirme lo siguiente:

-Señor, su esposa se encuentra bajo altas dosis de tensión. Es recomendable que no la exponga por ningún motivo a tantas presiones. El asma es una enfermedad psicosomática, pero puede ser muy peligrosa. Quiera mucho a su mujer. Seguramente ya sabe que está embarazada. El feto se está formando con mucho éxito. No deje que su mujer y su hijo corran peligro.

No sé si el doctor era muy profesional. Lo dudé porque me trató de decir que el asma de Alma era psicológico, que ella se lo provocaba justo en el momento que quisiera. Es difícil aceptar eso cuando una mujer lleva diecisiete años con dicho mal.

Mientras Alma descansaba, llamé a Aída desde un teléfono que estaba en la esquina. No le sorprendió mi llamada, pero me preguntó si Alma me acompañaba. Le dije que sí, que habíamos tenido un pequeño problema, pero que estábamos bien, y que al día siguiente iríamos a visitarla. Le comenté sobre la noticia que había visto por la mañana. Me pidió que no me preocupara, que tenía que ser valiente por Alma y por el hijo que estaba esperando. Era conveniente que no fuéramos a verla a su casa. Me pidió que le diera el teléfono del hotel y el número de habitación, y que ella iría por nosotros cuando lo considerara necesario. Se escuchaba bastante nerviosa. Creo que yo también, porque nunca le pregunté cómo sabía que Alma estaba embarazada.

Le oculté a mi esposa que había hablado con Aída. Se sentía mucho mejor y no quería volver a ponerla en mal estado. Comimos en el centro, en un restaurante de comida italiana donde sirven un calzone delicioso y generosas raciones de pizza, además de que era bastante barato.

Regresamos al hotel. Le pedí a Alma que descansara, pero insistió en que quería nadar en la alberca. Como niña queriendo convencer al padre, mi esposa me miró solo como ella sabe hacerlo, y en unos cuantos minutos la muchacha se encontraba nadando como pez en el agua.

Yo no quise entrar. No es que la alberca estuviera muy honda, sino que preferí cuidar a Alma. Además, la llamada que le hice a Aída me había incomodado. Pedí un refresco (la cerveza costaba muy cara). El mesero llegó con mi refresco acompañado de un teléfono. "Señor, tiene una llamada telefónica". "¿Para mí?". "¿Usted es el señor del 1456, no?". "Sí, pero...". El hombre me dejó el teléfono inalámbrico y se fue sin dar más explicaciones. No me quedó más que tomar el teléfono y responder. "¿Bueno?... ¿Bueno?". Silencio del otro lado, ni siquiera una respiración jadeante como en las películas. Estaba seguro de que si colgaba, recibiría la llamada una y otra vez (es lo que pasa en las películas). En cambio, quise hacerme el valiente y tratar de ponerle una trampa a la persona que me llamaba: "Mira, si no vas a tener los huevos para decirme algo, entonces ¿para qué chingados me llamas? No sé quién eres; si hablas, tal vez podamos platicar como los hombres...

"No tengo nada en contra de ti, pero te recomiendo que cuides a tu mujer asmática, porque podría pasarle algo malo..." Me colgó; era una mujer. Por su voz, pude adivinar que no era de aquí; su acento era extranjero, gringo o algo así, y no podía pronunciar bien el español. Me puse blanco; no era para menos. Me pregunté si Aída tenía algo que ver. El mesero regresó con la cuenta y me pidió el teléfono. Le pregunté cómo sabía cuál era mi cuarto, y su respuesta fue demasiado obvia: "Me dijeron en recepción que tenía una llamada. Hay mucha seguridad; cuando un cliente está en el hotel, siempre sabemos dónde está. Así es, siempre." Alma regresó de nadar y, al verme asustado, me preguntó si me encontraba bien. Le contesté que sí, que quería subirme a acostar un rato.

XII

El teléfono de la casa de Alma era muy escandaloso; sus sonidos entraban en mi cabeza como campanadas de iglesia convocando a una nueva independencia. Me desperté asustado, creyendo que don Nicolás había llegado. Alma seguía dormida. Contesté el teléfono para que se callara el sonido. Don Nicolás me preguntó por Alma; le dije que dormía profundamente. Me preguntó por mi madre y le informé que se encontraba haciendo la limpieza de la casa. La noticia le cayó muy bien al don y, riéndose, me pidió que le dijera a Alma que no iba a llegar a dormir, que por favor se quedara en mi casa (¿?) para que no estuviera sola. Él pasaría personalmente a recogerla, me dio las gracias por cuidar de su hija y me colgó.

Después de haber tenido un día fatal, ahora todo el mundo me sonreía. Recuerdo poco de lo que pasó hace un rato, pero las botellas y despertar en la cama de Alma, con ella a mi lado, me daban cierta idea. Apenas en ese momento me di cuenta de la situación: Alma y yo habíamos hecho el amor, o algo por el estilo. Esperaba el cataclismo que ocurriría cuando ella despertara. No tuve que esperar mucho; Alma despertó totalmente desconcertada y se asustó al ver la gran mancha de sangre en su cobija de piel gruesa. Sin mirarme, se paró a buscar su inhalador; esta vez dio muchas respiraciones. Se acercó hasta mí y me acarició la cabeza con su boca; después yo acaricié su espalda con mi boca, como los elefantes. Nos besamos en la boca y otra vez más nos fuimos a la cama, en esta ocasión totalmente sobrios, deseándonos el uno al otro. Dos almas perdidas unidas por una muerte, dos soledades encontradas con un nivel de comunicación animal, instintivo, visceral. Nunca me había entregado tanto a una mujer; fui testigo de su despertar sexual: sus gemidos imitaban el barritar de un elefante. Nos apretábamos con fuerza. En ese momento supe que jamás iba a querer separarme de ella; de ahora en adelante no la dejaría sola. Así lo quiso el destino, así lo quiso ella. Pude sentir más profundamente cómo el tiempo se detenía cuando Alma se encontraba en todo su esplendor. Estaba seguro de que era la mujer de mi vida, la fuerza que me convertiría en el escritor más logrado del mundo, aunque dudaba que pudiera describir en papel la majestuosidad y hermosura de la huesuda que, a partir de hoy, sería solo mía para siempre.

Terminado el paraíso, le comenté lo que había dicho su padre. Llamé a mi mamá para comunicarle la orden del general y ella aceptó gustosa. Al salir de casa de Alma, el coche de Ismael aún estaba ahí. Ya eran las diez de la noche y el "sanguijuelo" no se había ido. Me pregunto si mi padre platicó con él.

Todo un espectáculo el que estaban dando mis padres cuando llegamos a la casa. Mi madre lloraba tirada en el suelo, rogándole a mi padre que dejara en paz a mi hermana. Laura, en el otro extremo de la sala, mostraba algunos moretones en la cara y los chupetones del cuello expuestos a la intemperie. Mi padre, borracho otra vez, amenazaba con un machete a Ismael, que aterrorizado se escondía detrás de una silla; para completar, Matías ladraba de un lado a otro, tratando de morder al pobre de Ismael. Más que miedo, me dio risa la escena, tal vez por los efectos del cigarro que me fumé después de sacarlo del cajón donde Alma guardaba su ropa interior. Comencé a perder la noción de la realidad; los ojos se me pusieron borrosos y me dio mucha comezón en el cabello. En el techo, el elefante azul con alas me daba la despedida. Alma comenzó a bailar justo enfrente de todos; no sé de dónde sacó la brillantina que regó por toda la sala y que más tarde se convirtió en el alimento preferido del perro. La luz me cegaba un poco, hubo torpeza en mis movimientos, el dolor de la ingle regresó después de mucho tiempo. En mi cabeza, trompetas sonaban. Me acordé de Dumbo con maquillaje de payaso, cuando lo obligan a saltar para que aprenda a volar. El elefante azul me pidió que lo siguiera; Alma se fue tras de mí sin parar de bailar. Subí a la azotea, me paré en la cornisa y seguí al elefante, que se perdía detrás de una nube de humo que venía del horizonte. Me aventé; Alma se fue tras de mí. Nos crecieron alas y seguíamos al elefante sin mirar atrás. Estornudé y una gran trompa creció donde alguna vez estuvo mi nariz. Le pedí a la huesuda que estornudara; lo hizo y su trompa floreció. Volamos hasta el cielo; Moira nos recibió en su casita hecha de nubes. Nos fumamos un cigarro. De pronto, comencé a hundirme entre las nubes. Alma me dijo adiós, me aclaró que se quedaría con su madre y que tuviera cuidado con la caída, que es la que más duele. Demasiado tarde; me estrellé en el monumento a la madre. Una de mis piernas fue a parar hasta Insurgentes; el brazo izquierdo se lo llevó una prostituta que pasaba por ahí; mi cabeza cayó enfrente del teatro Benito Juárez. ¿Quién lo hubiera dicho? Estar desmembrado es lo mejor que te puede pasar en la vida.

La sirvienta me acercó un vaso con agua. Tomé un poco; mi madre me enfriaba la frente con compresas de hielo. Mi hermana e Ismael me veían como un bicho raro. Escuchaba la voz de papá, pero nunca supe dónde estaba, y al fondo, escondida entre la oscuridad, estaba Alma, escribiendo algo en un cuaderno.

No sabía cuánto tiempo había pasado ni quise preguntar. Parece que me intoxiqué con los tacos del día del funeral, o me drogué con el cigarro que escondía Alma en su cajón, o la cerveza rusa que me dio en verdad no era cerveza, o, peor aún, el té que me sirvió Alma en su casa tenía algo que me puso en mi estado actual.

XIII

Seguía muy inquieto por la llamada; mi idea era permanecer en el cuarto hasta que Aída diera señales de vida, pero la insistencia de Alma provocó que nos enroláramos durante cuatro horas en un viaje en yate. Teníamos dos opciones: "El Fiesta", que ofrece una gran cantidad de bocadillos incluidos con el costo del viaje, música en vivo y un exquisito corazón de luces de colores colocado en el centro: "¡El viaje ideal para enamorados, chico!" nos decía un morenazo que nos vendía los boletos; o "El Bonanza", que incluía botana y tlayudas con Coca-Cola gratis, tres pisos con música variada (uno con música en vivo), barquitos salvavidas y chalecos para toda la tripulación en caso de ser necesarios: "¡Seguro que te emborrachas, chico!" Escogimos "El Bonanza", no por las porquerías que había para comer y beber, sino por la seguridad.

Me preocupaba por el coche; lo dejaríamos durante cuatro horas en manos de unos cuidadores que tenían cara de rateros. Además, no tenía seguro y se lo tenía que entregar a mi padre en una sola pieza. En fin, peor fue darme cuenta de que éramos más de trescientos tripulantes y que en la parte posterior del yate había un gran letrero que decía: "¡Precaución! Capacidad máxima: 250 personas; Chalecos: 150; Cupo de barcos salvavidas: 15". Las matemáticas no estaban a nuestro favor; ni siquiera habíamos zarpado y el barco ya se meneaba como si estuviera en altamar. Por seguridad, nos sentamos en unos asientos en un extremo, justo debajo de donde estaban los chalecos, en el segundo nivel.

Después de un gran rato de espera, iniciamos nuestro recorrido. Al poco tiempo, le perdí el miedo; la divinidad del mar me hacía olvidarme de todo. Las gaviotas nos acompañaban y algunos delfines nos guiaban en el camino. La música, aunque ruidosa, era agradable; Alma disfrutaba igual o más que yo. Subimos al último piso para contemplar el paisaje. Quise ignorar que el bote salvavidas que tanto presumían era parte de la decoración. El olor era confortable y el viento soplaba más fuerte. Nos acercamos a la proa. El mareo y los tragos ya habían causado estragos en algunos tripulantes del barco. Nos asomamos a ver el mar; tiene un poder inmenso. Por un momento, tuve la sensación de aventarme y perderme en la inmensidad. Creo que mi marina sintió lo mismo. Esa noche estuvimos más juntos que nunca; nos abrazamos y besamos muchas veces. Yo la sentía como si realmente fuera mi esposa; teníamos una vida por delante, pero juntos, de eso estaba seguro. Me encargaría de que Alma viviera todas las experiencias que quisiera. Tal vez la idea de tener un hijo no era tan mala para ella. Toqué su estómago y de nuevo sentí la sensación de saber que sería una niña que se llamaría Moira.

El viaje fue más corto de lo que pensé. Entre borrachos y mujeres gordas, pasamos el tumulto para dirigirnos rápidamente al coche. Los cuidadores nos interceptaron pidiéndonos que tuviéramos cuidado, por temor a que Alma se sobresaltara. Hice caso omiso a los hombres y me acerqué con decisión al auto. A lo lejos, pude ver a qué se referían: el coche estaba cubierto de grandes carteles hechos con cartulina y colores fosforescentes que decían: "¡Cuídate, bruja, te vas a morir! Ya sabemos lo que hiciste". No pude evitar que Alma lo viera. Muy callada, analizó el cartel, la letra, los colores. Por primera vez en toda la noche, dio una respiración profunda, y acto seguido, soltó varias carcajadas perversas, de esas que solo le salen cuando está nerviosa.

Interrogué al hombre; me dio una clara descripción de las personas que habían cometido tal fechoría. Mis sospechas anteriores eran ciertas: se trataba de una pareja de extranjeros bastante altos, que se veían muy sofocados por el calor, demasiado blancos. El hombre creyó que eran gringos; yo aún no estaba seguro. No había razón para que un par de gringos nos acosaran; ni Aída, ni Miguel ni Adela tenían conocidos gringos. Esto se estaba poniendo cada vez más sospechoso.

Manejé con rapidez hasta el hotel y pregunté en la recepción si había estadounidenses registrados. La respuesta fue negativa; de extranjeros solo había unos japoneses, un par de croatas y unos argentinos. Nada de qué preocuparme. Alma estaba muy tranquila a pesar de lo del cartel; le tuve que explicar lo de la llamada telefónica sin decirle que las amenazas eran para ella. No se sorprendió; es más, volvió a reírse.

Permanecí despierto toda la noche para no tener pesadillas. Alma, en cambio, dormía tanto que sus ronquidos se escuchaban hasta en el baño. Los bocadillos del barco eran realmente horribles y me provocaron una gran diarrea. Se había terminado nuestro gran día en Acapulco; ahora solo faltaba enfrentar nuestro destino: agarrar al toro por los cuernos.

XIV

Alma fue todos los días que estuve enfermo. Era oficial, al parecer éramos novios; nos besábamos y amábamos cuantas veces podíamos. Me dijo que lo que me había puesto mal fue aquel cigarro que tomé de su cajón: "Era un recuerdo de la India. Mis tíos solían llevarme mucho cuando estuve en Rusia. Ese cigarro me lo dio una señora en la calle cuando visité Tailandia; tenía dieciocho años. Le compré todas las frutas que vendía y, en agradecimiento, me lo regaló, pero me dijo que nunca me lo fumara. Ahora entiendo por qué." Al preguntarle por el inicio de mis alucinaciones, respondió que empezaron cuando ya estábamos en mi casa esperando a don Nicolás. Ismael estaba haciendo la tarea con Laura en la sala y mis papás se encontraban cenando en la cocina. Mi padre hablaba de lo respetuoso que era Ismael, pero que tenía muy mal aspecto. Nos invitaron un café; mi mamá le platicó a mi padre de la casa de Alma y, cuando mamá mencionó a todos los elefantes que había, empezaron mis delirios. Antes de caer en el suelo, me pegué en la cabeza con la mesita de la cocina. Alma trató de sujetarme, pero mi cuerpo se hacía cada vez más pesado. Ismael fue rápido en busca de un doctor, mientras mis papás y Alma me llevaban a la cama. Laura preparó las compresas frías; yo hablaba de un elefante azul con alas que me pedía que lo siguiera. El doctor llegó y notó que tenía casi cuarenta grados de temperatura. Me dio una pastilla que me calmó de inmediato; solo eran delirios por la fiebre. Más tarde llegó don Nicolás y ofreció llevarme al hospital militar, pero mis padres no lo consideraron necesario. Ismael se quedó esa noche en casa; Alma también. Su papá le dio permiso de quedarse solo por esa noche. Lo del golpe en la cabeza parece que no fue grave porque ya ni chipote tengo.

Cuando me recuperé, las cosas empezaron a tomar su curso normal. De vez en cuando, don Nicolás nos invitaba a Alma y a mí a desayunar a un restaurante al que solo asiste gente del gobierno. Mi madre cocinaba para seis personas; Ismael se convirtió en parte de la familia, al igual que Alma. Mis padres la querían mucho, en especial mi mamá, que veía en ella el vivo retrato de su amiga muerta. Me encargué de que Alma conociera todo lo que México puede ofrecer; la hice adicta a los tacos con papas y cebolla que vendían en el mercado, la llevaba todos los jueves al parque donde nos vimos por primera vez. Eso sí, siempre con Pessoa bajo el brazo. Le escribía poemas que colocaba con un imán en el refrigerador de su casa para que después don Nicolás los viera. La llevé con unos amigos de la facultad que conocían gente importante en el teatro en México, para que le dieran oportunidades. Obviamente, se maravillaban cuando Alma mencionaba que había estudiado en la escuela de Stanislavsky. Criticábamos películas cuando íbamos al cine; ella las actuaciones y yo los pésimos guiones que son un éxito en taquilla porque las películas son estadounidenses. La llevaba a bailar mambo, danzón, guaracha, son. En uno de esos salones, en los que desgraciadamente predomina la gente mayor por pérdida de la cultura, de vez en cuando llevábamos a Laura y a Ismael para pasar la tradición. La enseñé a escuchar música de Daniel Santos, Bienvenido Granda, Julio Jaramillo. Su favorita siempre fue María Luisa Landín y su "Amor Perdido". Yo gozaba con "Total", magistralmente interpretada por Daniel Santos. Nos compenetrábamos bastante bien; aquella sensación de que el tiempo se detiene se hizo más frecuente. Don Nicolás se volvió a casar, esta vez con una bailarina cubana que conoció en un viaje de negocios a Cuba. Me extrañaba que nunca supe nada de los parientes rusos de Alma; era bastante extraño que no hayan asistido al velorio de Moira y, mucho más, que nunca se hayan comunicado siquiera por teléfono. Si cuidaron a Alma por más de catorce años, era ilógico que no hubieran tratado de comunicarse. Laura tuvo su primer decepción amorosa; Ismael la dejó por una porrista del equipo, desgraciado. Mi hermana lo quería tanto, le había dado todo, pero a su edad era muy normal. En unos cuantos días, la casa ya se volvía a llenar de adolescentes tratando de conquistar a la hermosa doncella que, además de bonita, era inteligente. Mi madre descubrió que efectivamente mi padre tenía una amante, más joven. La vieja tenía mi edad. Lo peor fue que a mí me tocó descubrirlo en una ocasión que pasé al taller sin avisar. Quería quedarme callado, pero mi madre me había dado tanto que no podía ocultarle una cosa así. Esos días fueron muy tristes; yo nunca pude perdonar a mi padre, pero, obviamente, mi mamá sí lo hizo, muy a pesar de mi abuela, que quería hervir en aceite a mi padre cada vez que lo veía. Poco tiempo después, mi abuela murió; mi madre culpó a mi papá de su muerte por los corajes que hizo por sus fechorías. Mi padre aceptó la culpabilidad y juró nunca volver a hacerlo. Ismael regresó a buscar a Laura; le juró que estaba arrepentido y que la amaba con todo su corazón. Mi hermana lo mandó a freír espárragos. Ahora se arrepiente porque, a los quince años, empezó a andar con Horacio, un muchacho de dieciocho años que iba en la secundaria. No sé cómo le hizo para conquistar a mi hermana; tal vez se aprovechó de su soledad porque el tipo este era una manteca viviente: demasiado gordo, un chino copete muy al estilo de Enrique Guzmán, que sobra decirlo, era bastante ridículo, chaparrón, siempre vestía la misma camisa que hasta hoyos en las axilas tenía. Quizá su única ventaja era que el pobre diablo tenía mucho dinero, mucho más del que quizás yo alguna vez tendré. Fueron momentos difíciles para mi hermanita; el tipo este abusaba de ella. Regresaba a mi casa golpeada y mangoneada, ya no quería comer. Lo peor era que Horacio se paseaba por la casa como si nada porque presumía del poder que el dinero le daba. Mi padre siempre tuvo miedo de reclamarle porque temía por nosotros y por Laura. Era bastante incómodo para mí llegar a mi casa después de un maravilloso día con Alma y que mi madre me dijera la fechoría que al mantecoso se le había ocurrido hacer ese día. Subía al cuarto de Laura a tratar de hacerla entrar en razón, pero era imposible. Mi hermana tuvo varios ataques de depresión; una vez le pedí a don Nicolás que le diera una "calentadita" al marrano, pero me arrepentí. Esto tenía que arreglarse entre la familia. Hasta que un día no pude más y me le lancé a los golpes. Solo uno le pude dar; mis padres me detuvieron, y Alma y don Nicolás salieron a ver qué pasaba. Don Nico cortó cartucho; ya era demasiado tarde. Mis padres vieron cómo mi estupidez había provocado que mi hermanita, a sus quince años, se fuera de la casa a vivir con el rey de las carnitas.

Alma por fin estrenó una obra; mi favorita de Tennessee Williams, "Las paradojas del destino". Su personaje se llamaba Alma. La obra tuvo poco éxito porque la gente de teatro no aceptó con buenos ojos la propuesta de un teatro denso, solo para amantes del naturalismo.

Después estuvo en "La vida es sueño" de Calderón de la Barca, un papel pequeño pero alabado por la crítica. Esta obra sí tuvo éxito y tuve que ver las 150 representaciones (Odiaba el Teatro del Siglo de Oro).

La madrastra de Alma dejó a don Nicolás. Dejó una nota que decía: "Mi hermoso hombre de la piel canela igual que yo, te dejo porque lo que tú necesitas no es alguien a quien amar, ni alguien que te haga compañía. Lo que tú necesitas, mi rey, es a una sirvienta que te haga la limpieza porque nunca estás en casa, y una computadora que te haga los cálculos de todas las veces que no llegas a dormir, de cuántos crímenes del gobierno has cometido por amor a tu patria y, sobre todo, que te haga los cálculos de cuánto amor me has dejado de dar por tus pendejadas".

La tristeza le duró unos meses. Se volvió a casar, esta vez con una diputada soltera de un partido de izquierda que, al igual que él, tenía mucho trabajo. La mujer se llamaba Wendy y se encargó de redecorar la casa. Mandó a la mitad de los elefantes al cuarto secreto, colocó en la sala una foto del Jefe de Gobierno de la ciudad, y el señor Nicolás contrató a una sirvienta y se compró una computadora.

Laura estableció con mis padres un juego de poder. Cuando el marrano la echaba de su casa, ella regresaba sin preocupación alguna. Horacio la perdonaba y le rogaba que regresara, y Laura volvía a irse. Así fue durante algún tiempo, hasta que mi madre le puso un ultimátum: "Si vuelves a regresar, es para quedarte definitivamente." Ninguna de las partes hizo caso del trato, y hasta ahora Laura sigue jugando ese juego del que, seguramente, algún día se hartará.

Justo cuando cumplimos dos años de novios, Alma, por fin, me dejó ver el estudio de Moira. Además de todos los elefantes que habían quedado guardados por decisión de la diputada, el cuarto estaba repleto de autorretratos que Moira había pintado. Todos eran hermosos; había uno hecho con puras lentejuelas, otro fabricado con pequeños pedazos de papel sanitario previamente pintado, y uno muy especial que estaba copiado de una foto de Moira cuando tenía la edad de Alma. Lo sé porque la foto estaba sujetada con un clip del retrato, y el parecido entre las dos era impresionante; era como si Alma se hubiera hecho ese retrato una semana antes. Le supliqué que me lo regalara y, después de varios intentos de convencimiento, la desquicié y me lo regaló. De inmediato tuvo un lugar en mi pared, justo al lado del afiche del Hombre Araña y del de la obra que presentó Alma. Al poco tiempo, me arrepentí de colgarlo ahí; estaba justo frente a mis ojos cada día que me levantaba de la cama, parecía que el cuadro me miraba, me seguía con la mirada, me cuidaba. Además, Moira tenía en el retrato una sonrisa muy parecida a la que tenía cuando murió. Lo cambié detrás de mi cama, pero resultó peor; ahora me sentía más vigilado y con más temor de mirar a la siniestra mujer. Opté por ponerlo debajo de mi cama mientras le hallaba el lugar ideal. Alma se ofendió por esto, no lo quise devolver y lo puse sobre el escritorio, que generalmente está cubierto de ropa limpia.

Desde la muerte de Moira, Alma nunca volvió a bailar en la azotea. Tal vez por el temor a que sus madrastras la vieran o por el clima, que se puso peor con el llamado calentamiento global, quién sabe. Cuando le pedía que bailara para mí, simplemente marcaba los pasos y exageraba, pero nunca más lo hacía con la brillantina y en la azotea. Una vez que abrí el ropero para analizar la brillantina, esta había desaparecido; se la habían comido una manada de insectos que no sé cuánto tiempo llevaban ahí sin que Alma se diera cuenta. Tuve que llevar la caja cerrada hasta el depósito de basura porque el camión no quiso llevársela.

XV

A las seis de la mañana, recibimos en la habitación otra llamada misteriosa. En esta ocasión, se escuchaban llantos de mujer, acompañados por el extraño sonido de trompetas y los gritos de un bebé recién nacido. Ya habían sido demasiados los sustos. Cuando colgué el teléfono, marqué la clave para llamar a México y el número de Alma. Quería explicarle a Don Nicolás lo extraño de la situación y, sin importar las consecuencias, pedirle que viniera para acá. Otra vez, la contestadora. Sabía cómo escuchar los mensajes desde cualquier teléfono; era nuestra forma de comunicarnos entre Alma y yo cuando teníamos algún apuro. Había un mensaje del señor diciendo que había tenido que salir a Colombia por asuntos de trabajo y que nos tenía preparada una sorpresa a su regreso; seguramente sería una nueva esposa.

Seguido del mensaje de Nicolás, había varios audios de la voz que había hablado conmigo por teléfono: "Pagarán muy caro lo que hicieron", "Esto no se va a quedar así", "Los seguiremos hasta el fin del mundo solo para verlos muertos", "Nada los podrá salvar". Tuve que colgar. Ya era presa del miedo cuando alguien deslizó bajo la puerta un sobre cerrado. Sin pensarlo, corrí a abrir la puerta, pero no había nadie. Tomé el sobre y me comuniqué con la recepción, preguntando si alguien había anunciado que nos entregaría un paquete. La respuesta fue negativa. Sin colgar el teléfono, abrí el sobre y encontré un par de fotos: en una de ellas, un bebé recién nacido, totalmente descuartizado; en la otra, Alma y yo besándonos en el yate, con la palabra "muerte" escrita con plumín azul. Le pedí a la recepcionista que mandara de inmediato a una persona de seguridad.

Un oficial llegó en menos de un minuto. Lo dejé entrar porque se identificó al tocar la puerta. El policía analizó las fotos y me pidió un resumen de los hechos. Le expliqué lo de las llamadas a la alberca, al cuarto, y las fotos que me acababan de entregar. Rápidamente, se comunicó en clave con sus compañeros pidiendo informes sobre una persona que hubiera entrado al hotel con un sobre. Durante todo este tiempo creí que Alma dormía, pero no era así; tuvo que levantarse a buscar el inhalador. Sabía que estaba nerviosa, me abrazó fuertemente. El oficial apagó su comunicador y nos dijo que nadie había entrado al hotel con un sobre, lo que le hacía pensar que las llamadas y las personas ya estaban hospedadas en el hotel desde antes de que nosotros llegáramos.

¿Cómo era eso posible? Nadie sabía que vendríamos a Acapulco, ni siquiera Aída, que era el motivo de nuestra visita. Ni siquiera nosotros sabíamos que estaríamos aquí ese día. Por primera vez me preocupé por mi vida; supe más que nunca que quería estar con Alma y con mi hija, que aún no había nacido.

Otra vez sonó el teléfono. Esta vez, el oficial respondió; era Aída, que nos estaba esperando en el lobby del hotel. Alma le dijo al policía el nombre de su padre y, después de una llamada, subió un hombre alto y fornido que se encargaría de nuestra protección el resto de nuestra estancia en Acapulco.

Metimos en una bolsa la poca ropa que teníamos, y con el hombre a nuestro lado, bajamos por el elevador. Pagué la cuenta y pedí el auto. Aída tembló al vernos junto al fortachón, pero Alma la llevó lejos de nosotros para ponerla al tanto de la situación. El guardaespaldas nos siguió en otro automóvil. Esto nos dio la oportunidad de hablar libremente con Aída sobre todo lo que había pasado. Desgraciadamente, nos confirmó la noticia: aquellos cuerpos que encontraron ayer en el mar, sin corazón, eran de Adela y Miguel, dos amigos nuestros con los que habíamos viajado a Acapulco hace apenas dos semanas. No se sabe si realmente fueron asesinados; lo que es un hecho es que ambos tenían planes de suicidarse juntos en el mar. Yo no lo quise creer; tenía poco tiempo de conocerlos, eran actores que trabajaron con Alma. La última obra en la que participó Alma la conocí gracias a Aída, quien asesoró a Alma en una escena donde su personaje embrujaba al amor de su vida. Me refiero a que Aída hace verdaderos embrujos; su madre es una anciana curandera que practica "trabajitos" en el mercado de Sonora. Ella vive en Acapulco porque dice que aquí hay muy buenas vibraciones y se gana la vida sacando dinero a los turistas al leerles la fortuna.

Vinimos a Acapulco hace dos semanas por invitación de Aída, quien nos prometió un retiro espiritual. Alma tenía mucha curiosidad por saber si Aída podía contactar a su madre desde el más allá, pero no pudo hacerlo. En cambio, nos ofreció una maravillosa purificación basada en ritos chamánicos de los antiguos indios que vivían en Estados Unidos. Recuerdo que tuve visiones parecidas a aquel día que fumé el "recuerdito" de la India; quedamos completos de espíritu. Sé que a Miguel le afectó mucho darse cuenta de que su vida no había servido para nada y que Adela tuvo una visión en la que ella y Miguel —que eran esposos— se arrojaban al mar para que sus espíritus pudieran reencarnar en otra persona que desde nacida tendría éxito en la vida. Alma me contó que se vio entre los brazos de una hija. Curiosamente, un día antes del ritual, Alma y yo habíamos tenido relaciones sin la más mínima protección. Aída me dijo que sabía que yo estaba preocupado porque ella estaba enterada del embarazo de Alma. Quiso aliviarme diciéndome que los dioses se lo habían comunicado por medio de una señal en el cielo: una nube con forma de elefante.

MIGUEL Y ADELA

El espacio está lleno de luz; es el momento de que nuestros cuerpos sean olvidados en el mar, que la corriente los devore y volvamos a nacer como nuevos seres. ¿Tienes miedo? Claro que tengo miedo. Aída no quiere que hagamos esto; dice que estamos muy jóvenes, que aún tenemos mucho por vivir. Lo mismo me dijeron mis padres cuando les dije que quería ser actriz. No hagas bromas, esto es algo serio. No estoy bromeando, eso me dijeron. ¿Y qué les contestaste? Les dije que yo era dueña de mi destino, que si quería aventarme al mar, era porque yo quería...

¿Entonces es el destino? Creo que sí. Repasemos otra vez el plan. Está bien: nadamos lo más lejos que podamos; cuando ya no veamos la playa, nos sumergimos lo más profundo que lleguemos. Te doy un cuchillo y tú te quedas con el otro. Nos tomamos de la mano, nos besamos y, después del beso, contamos hasta tres y clavamos el cuchillo en el corazón del otro, como símbolo de nuestro amor, para ser más puros. Hacemos una incisión rápida, que nos duela lo menos posible; abrimos un hueco suficiente para que el corazón salga de nuestros cuerpos, morimos... y renacemos. Si nuestro amor es tan fuerte como creemos, seguramente nos veremos en la otra vida.

Que no se te olvide darme la mano, que no se te olvide darme el último beso, unidos hasta el final de la existencia, por un nuevo comienzo, con éxitos. Sin un padre que haya abusado de mí cuando tenía seis años, sin una madre que me dejara abandonada en un orfanato al nacer, sin un hermano que me acose sexualmente en la adolescencia, sin un tirano director de orfanato que me obligue a prostituirme en la adolescencia, contigo a mi lado en la nueva vida,

contigo a mi lado en la nueva vida, con la misma
profesión, porque ser actor es lo más chingón.
Con la seguridad de morirme para no estar muerta en
vida, con la certeza de tener una mejor vida que la
asquerosa que me ha tocado vivir en este ciclo.
Adiós, Aída, gracias por todo. Adiós, Alma. Adiós,
Alberto. Han sido los únicos amigos que hemos
tenido. Seguro que nos volveremos a encontrar.
Perdón por el dolor que les causaremos, perdón por
no regresar con ustedes a México, pero nuestro nuevo
hogar está en el fondo del mar. ¿Estás listo? ¡Es ahora
o nunca, mi amor! Vamos a contar hasta tres... ¡No,
ya échate! Nada más rápido, que me estoy
arrepintiendo. No te preocupes, yo te llevo.

—Miguel, te amo. —Adela, yo te amo a ti. Nos
estamos alejando. Vamos muy bien, chiquita. ¡Sigue!
Miguel, de pronto me dio mucho miedo, no creo que
pueda hacer esto.

—¡Adela, ya no hay marcha atrás!

—Me voy a regresar, Miguel, lo siento mucho.

—¡Tú no vas a ningún lado! ¡Espérate, ¿qué haces?!
Recuerda en la otra vida que lo estoy haciendo por ti.

—No, Miguel, por favor, ¡Ayyyyyyyyyyyyyyyy!
Perdóname, Adela, lo tenía que hacer. No podía
soportar la idea de comenzar de nuevo sin ti. ¡Allá
voy! Espérame, aún no te hundas...

XVII

Estaba paralizado de miedo; las piernas no me respondían. Lo único que pude hacer fue amenazar a la pareja con los cuchillos que tenía en la mano. Me ignoraron y se metieron en la casa. Le grité fuertemente a Alma, pero era demasiado tarde: el hombre salió arrastrando a Alma de los cabellos. La mujer apareció después, amenazando a Aída con una pistola. Yo estaba ahí como un guiñapo, como lo que siempre había sido mi vida: una mera contemplación de lo que pasaba a mi alrededor, nunca participante, cómodamente observando desde afuera cómo el tiempo pasaba a través de mis narices. Siempre estaba esperando a que el dichoso destino me hiciera el favor de darme en la mano lo que le pidiera. Fui un estúpido; apenas descifré en ese momento que la pareja era rusa, que en el hotel había una pareja croata registrada, que fácilmente podría pasar por rusa.

La mujer le gritaba cosas en ruso a Alma, mientras el otro la arrastraba por el suelo. Si le daba una patada en el estómago, podría perder al bebé, y yo ahí parado, sin saber qué hacer. El guardaespaldas nunca apareció; no podía confiar en los demás. Alma me miraba desesperada, y Aída me gritaba que hiciera algo. El hombre le dijo algo a la mujer y comenzaron a reírse de mí. Creo que en ese momento oriné mi traje de baño; solo pensaba en mi hija. Creo que el término más adecuado para describirme en ese momento era que estaba soñando con las alas del elefante. Ya había sido suficiente: el hombre tomó con su otra mano a Alma y le empezó a apretar el cuello. La mujer amenazaba ferozmente a Aída; tenía que elegir entre una de las dos. Dejé de pensar y actué: me abalancé sobre el hombre y le clavé uno de los cuchillos en el pie. Por el dolor soltó a Alma, quien corrió rápidamente en busca del guardaespaldas. La mujer cambió de blanco y me apuntó a mí, lo que le permitió a Aída empujarla para desviar el disparo; aún así, logró alcanzarme en el hombro.

No supe si lo que pasó después fue producto de mi imaginación o de la realidad. Se me nublaba la vista, sentí el estómago frío como cuando has pasado mucho tiempo sin ingerir alimentos. Se supone que debería sentir dolor en el hombro pero solo había sangre. Olía a sangre. No quería morir. De pronto me sentí en una de esas películas donde parece que todo estaba perdido pero algo pasa que resuelve todo. Deus Ex Machina le decimos los escritores. No quería que Alma regresara pero quería verla. ¿Dónde estás Almita? ¿Huesuda? Mis ojos se cerraban, las personas ya eran siluetas. Me pareció ver la silueta de Alma con la bolsa de mano que había sacado del coche. Sacó un pequeño frasco donde tenía un poco del polvo que utilizaba para sus bailes, lo aventó al suelo y claramente me pareció ver la imagen de un elefante dibujada sobre la arena. Se prendió fuego alrededor de los hombres. Alma pronunció algunas palabras en una lengua extraña y, después, sangre. Noche.

Desperté en una cama de hospital; mi hombro estaba vendado y amarrado a mi torso. El dolor era insoportable. Alma estaba a mi lado y, a lo lejos, pude ver a Aída sentada en un sillón, explicando algo a unos policías. No pude escuchar nada; preferí quedarme contemplando la mirada tranquila de mi esposa, que estrechaba fuertemente mi mano. "Ya podemos irnos. Todo está resuelto".

AIDA

Déjame decirte una vez más lo que sucedió, pero quiero que te quede bien claro que lo que pasó aquí estos días en Acapulco tiene que quedar en secreto, no porque exista algún peligro, sino porque de lo que estamos hablando es algo serio, nunca debes jugar ni bromear con lo que pasó. Yo sabía desde que me contrataron para asesorar a Alma que era una mujer muy especial, pude sentir su aura desde el primer momento en que la vi, logramos una gran amistad y descubrí que tenía cierta facilidad para esto de la magia, después conocí a Alberto un joven de gran corazón pero que parecía que no tenía control sobre su vida, platicando sobre sus nociones de la vida, Alberto me confesó que era un fiel creyente del destino, yo le llamo moira, porque así le llamaban los griegos, me contó de algunas coincidencias que se suscitaron cuando quiso conocer a Alma, el juraba que el destino se la había puesto enfrente para que fuera el amor de su vida. Nada más erróneo, uno es responsable de su propia vida, como lo que pasó con Adela y con Miguel, ellos tomaron esa decisión porque así lo quisieron, no puedo asegurar si realmente ellos reencarnaron en otras personas o no, lo que quiero que entiendas, es que ellos tuvieron el poder para cambiar su vida si te lo propones, si no tienes la suficiente convicción, corres el riesgo de que te pase lo que le pasó a Alberto, Alma tenía el poder para cambiar su vida y de paso la de Alberto, como los políticos y muchas otras personas que tienen el poder para cambiar la vida de los demás. Nada es casual, todo es causal me decía mi maestro de filosofía, si Alberto hubiera tenido el poder y la convicción, el hechizo del amor eterno no hubiese dado resultado, nada es más poderoso que sí mismo. Espero me estés entendiendo. Los rusos se creyeron el cuento que la India les contó acerca de la muerte de la señora Moira, si ellos hubieran acudido a mí, seguro que les hubiera dicho lo mismo para hacerles creer que soy muy chicharronera, lástima que su vanidad la haya tenido que pagar con la vida. Moira no embrujó a Don Nicolás, el se enamoró de ella, su afición a los elefantes era solo espiritual, simbólico, ella nunca hizo el ritual del amor eterno, más que en la cama con su señor si entiendes a lo que me refiero, en una pelea familiar Moira engañó a Nico diciéndole que estaba embrujado, por toda la elefantisa que había en la casa le creyó. Pobre Alma, se culpa por la muerte de su madre, creo que ella no tuvo nada que ver, aunque todo es posible. Bien, creo que eso es todo lo que te puedo decir, esa es mi opinión al respecto, puedo adivinar que seré la madrina de esa hermosa chamaca que viene en camino, Alberto ya no es tan débil, el sabe que su hija será niña... y niña será. ¿Qué quieres que te explique que pasó después de que le dieron el balazo a Alberto? No puedo, ese es un secreto entre Alma y yo.

XVIII

Regresamos como una pareja feliz. Yo controlaba el volante y los pedales, mientras Alma cambiaba las marchas. En el trayecto, me contó todo: tuvieron que pasar tres años para enterarme de todo, incluido el embrujo, la muerte de Moira, los misterios del polvo en forma de brillantina, el porqué no había asistido nadie al funeral. Todo iba cobrando forma de nuevo; estábamos más unidos que nunca. Lo que nunca me quiso decir fue lo que ocurrió después de que me desmayé. Quiso conservar su enigmática personalidad, diciéndome que tal vez lo que yo había visto entre visiones había sido cierto; inclusive la visión del elefante azul que me llevó a estrellarme en el piso después de que hicimos el amor. También confesó que las visiones no fueron por el cigarro; los culpables fueron unos polvitos que le había echado a mi té y a mi cerveza. Nunca me molestó creer que ella me había embrujado; traté de verle el lado positivo. Tenía que sentirme halagado por el hecho de que una mujer hermosa como Alma me hubiera escogido entre tantos hombres que hay en el mundo para ser su amor eterno. Es más, yo también la había embrujado cuando la hice mi esposa marina. De una manera u otra, estábamos entrelazados.

Al regresar a nuestro bello México, lleno de smog, nos encontramos con varias sorpresas: Laura volvió definitivamente a la casa; por fin dejó al marrano para darse un tiempo sola y visitar a un terapeuta que la ayudara a curar su depresión. Don Nicolás efectivamente conoció a otra mujer nueva, se llamaba Andrea y se dedicaba a la elaboración de perfumes caseros que vendía a bajo costo. Ojalá y esta no me resulte narcotraficante, nos decía contento, haciendo a un lado el detalle de que secuestré a su hija durante dos días. Cuando escuchó los recados de los rusos, ni se inmutó; le dijimos que había sido una broma de nuestra parte para hacerle creer que comenzaba la Tercera Guerra Mundial. Mi padre casi me golpea por haberme llevado el carro sin permiso y me dejó de hablar por unos días, pero después se le olvidó. A mi madre sí le pedí perdón por haberla angustiado durante dos días, pero cuando le comenté que iba a ser abuela, fue lo mejor; volvió la sonrisa a su mirada, encontró una nueva razón para vivir y se lo comentó a mi padre. En vez de reprocharme, me ayudaron por unos meses con la renta de un departamento que estaba a dos cuadras de ahí. Don Nicolás también se puso espléndido y nos regaló algunos muebles para decorar nuestro hogar, aunque siempre me reprochó el no haberme casado nunca con su hija.

Pasaron algunos meses y Alma y yo nos estabilizamos en nuestro nuevo hogar. Su carrera fue cada vez más exitosa; estrenó algunas de mis obras y formó parte durante muchos años de la Compañía Nacional de Teatro. Por mi parte, escribí varias obras, me publicaron algunos libros y escribía todas las traducciones de las obras de autores rusos. Publiqué mi propia revista para escritores que no tenían dónde publicar sus escritos, pero lo más bello de mi vida fue el nacimiento de Moira, nuestra pequeña hija.

La habitación tiene aquellos afiches que alguna vez estuvieron en casa de Alma. En el centro, aquel retrato de la mujer que lo inició todo. Lo miro; ya no me da miedo, ahora me da tranquilidad. Acuesto a Moira en la cama y escucho cómo su pequeño estómago ruge. Sus balbuceos emiten un pequeño sonido que simula el barritar de un elefante. Me recuerdan al asma de su madre, que milagrosamente desapareció después de regresar de Acapulco. Miro a mi niña; es preciosa. Me pregunto si algún día llegará a ser tan hermosa como Alma o como Moira. No lo creo, se parece a mí. Me quedo absorto mirándola jugar con el pequeño móvil que vela sus sueños. Toma una figura gris con una gran trompa, se la lleva a la boca y me mira como si supiera todo lo que hemos pasado. Nunca suelta la pequeña figura, que tiene más relación con ella de lo que se imagina. Hace mucho que no padecía de insomnio; Alma ya duerme tranquila desde la vez que regresamos de Acapulco. De aquellos momentos, solo quedan cenizas. Miro a mi alrededor; jamás pensé que llegaría a la plenitud, aunque solo fuera por un instante. El día se acaba, imaginando si algún día ella también podrá soñar con alguien con las alas del elefante.

ELEFANTE

En Asia, los elefantes son la cabalgadura de los soberanos y símbolo del poder, de la sabiduría, de la paz y de la felicidad. El dios hindú Indra cabalga en un elefante; Ganesha, vencedor de todos los obstáculos tiene cabeza de elefante. En Africa es emblema de la fuerza, la felicidad y la longevidad, en la Edad Media simbolizaba la castidad conyugal.

NOTA DEL AUTOR

Este libro surgió de la idea de querer participar en un concurso de novela de terror. Estaba por graduarme de la carrera de actuación cuando mi amiga Berenice me mostró la convocatoria. Fue ella también quién me dio a leer el primer libro que realmente amé: "Las Batallas en el Desierto" de José Emilio Pacheco. Armado con la inspiración y la motivación en los lugares correctos, me senté durante veinte días de Diciembre del año 2000 a escribir un capítulo diario de este libro.

Cuando lo escribí, pensé que sería mi única oportunidad para compartir lo que para mí era en ese momento el mundo real, un mundo donde el amor es lo más importante, donde uno no encaja en una familia pero aspira a tener una. Un mundo que un joven de veinte años se quiere comer, un viaje a la vez.

Digamos que "Soñar con las alas del elefante" es un "sueño guajiro" de un tipo de veinte años que amaba su ciudad e idealizaba Acapulco. Cabe mencionar y recordar que cuando se escribió, ni el internet ni la telefonía celular eran lo que son ahora.
Obviamente no gané el concurso. Seguí con mi vida y cuando llegué al mundo de la educación, en el año 2012, se abrió la primer tienda de libros electrónicos y con esto, una gran oportunidad para todos aquell@s escritores que no tienen el talento o los contactos para ser publicados por una editorial.
En Julio del 2012 publiqué el texto solo con la idea de aprender a publicar un libro electrónico. Meses después empecé a recibir correos de España, Colombia, Venezuela, Ecuador, Guatemala agradeciéndome por haber escrito el libro y sobretodo preguntándome por el Deus Ex Machina del capítulo XVII. También llegaron las reseñas buenas y las

malas. Las críticas por las faltas de ortografía y todo lo que trae consigo el haber escrito un libro con pasión pero casi con una energía empírica. Al día que estoy escribiendo esta nota, la versión digital de este libro tiene 217k descargas. Ya no es tan popular como lo fue en su momento; ya no está en los top charts de libros gratuitos y ya no recibo correos bonitos ni autorización para escribir canciones o hacer cosas inspiradas en la historia.

He publicado por mi cuenta otros dos libros (búscalos en Amazon) pero siempre me quedé con ganas de ver este pedazo de novela físicamente, así que para festejar que hace veinticinco años lo escribí y como un regalo de cumpleaños número cuarenta y seis y para tod@s aquellos que aún disfrutan de esta locura, finalmente he puesto este libro en formato físico.

Ojalá lo disfrutes. Le hice muchas correcciones de texto. Le corregí las faltas de ortografía que encontré, pero la historia sigue intacta. Le agregué un poquito al famoso capítulo 17 para hacer un guiño al lector, pero aún no es tiempo de explicar lo que pasó cuando Alberto perdió el conocimiento (Si sé, pero eso lo contaré después).

Gracias.

Alejandro Archundia
Diciembre 2024.

Made in the USA
Columbia, SC
14 January 2025

5e57870c-3600-4714-88b8-a001d76c2259R01